瑞蘭國際

瑞蘭國際

瑞蘭國際

修訂
二版

日語文法,
讀這本
就夠了!

余秋菊 著

元氣日語編輯小組 總策劃

作 者 序

本書《日語文法，讀這本就夠了！ 修訂二版》是為初級日語學習者及有意參加新制日本語能力測驗（新日檢）N3-N5的考生而編寫的。

目前坊間雖有五花八門的日語教材，但是多數是出版社購自日本版權的原文書刊，對初學者而言，既難理解也無從理解。有鑑於此，本書嘗試以簡明易懂的方式，說明初級日語的語法及句型，透過歸納、整理、比較的形式，以及大量的例文練習，使句型、語法變得簡單易記。對學習者而言，循序漸進的複習及確認，不僅能強化學習的功效，對學習目標的掌握也更加簡易及明確。

《日語文法，讀這本就夠了！ 修訂二版》所整理的初級日語語法及句型，有完善周全的日語文法概念，有意報考新日檢N1-N5的考生，如果自覺文法基礎不夠紮實，語法概念不夠明晰，建議可搭配本書輔助學習，相信本書一定可以提供考生所需的學習資訊及解答考生心中的疑惑。

衷心希望本書能成為所有讀者（不論是初級日語的學習者或是新日檢的考生）的助力，提供足夠的動力與養分，讓日語學習的過程更加順遂與自信。

本書 **5** 大特色

特色 **1** 全面性：

將日語中非學不可的「助詞」、「名詞」、「形容詞」、「疑問詞」、「副詞」、「指示詞」、「接續詞」、「動詞」、「複合

詞」、「接詞」、「敬語」等十二大詞類，依主題分類教學，不但好學習，重點更是一網打盡。

特色2 方便性：

清楚條列各詞類的常用表現，遇到不懂的文法時，只要隨手一翻，立刻就能查詢到，節省您翻字典的時間，保證讓您迅速掌握基礎文法！

特色3 實用性：

每個單元均有清晰的解說，再加上易懂又實用的生活例句，幫助您完全理解句型用法、融會貫通，還能增加造句和會話能力。

特色4 即戰性：

本書不但是初學者必備的文法學習書，還完全適用新日檢N3-N5「文法」出題範圍，替您打下文法基礎，也助您大幅提昇戰鬥力！

特色5 同時增強聽力：

全書數百例句，皆聘請日本名師錄製成MP3，不僅加強文法學習，還可以增強聽力，讓您學到最標準的東京腔。

期望藉由本書的編寫，能滿足日語學習者不同的需求，於此同時，也由衷期盼各位先進不吝指教與鞭策，共同為日語教育貢獻心力。

余秋菊

aki. yu

如何使用本書

1. 單元分類

日文中的各種詞類，清楚統整成各大單元，方便翻閱查詢，輕鬆好學習！

第一單元

助詞

由於華語並未使用類似「助詞」功能的語彙，所以對華語圈的學習者而言，「助詞」是困難且陌生的概念。基本上學習者只要明白，在日語的表現中，「助詞」乃扮演著橋樑的功能即可。換言之，日語的基本句型，即是利用「助詞」去串連語彙與語彙之間的關係，以連接成句子。

2. 詞類介紹

進入本單元之前，認識此詞類的特色，掌握住基本概念。

日語文法，讀這本就夠了！ ^{MP3}01))

*01 に

❶ 時間助詞：（時間）＋に＋
即動作發生的時間點。通常解釋

時間助詞通常接續在「絕對時
時～分、～月～日）之後，「相對時
一般而言並不使用助詞。

★わたしは 毎日 6時半<u>に</u> 起
我每天六點半起床。

★わたしは 毎日 6時半<u>に</u> 晚ご飯を 食べます。
我每天六點半吃晚飯。

❷ 對象助詞：（人物）＋に＋動作動詞
即承受動作的對象。通常「に」助詞用來表示「單向動作」的對象。如果是「雙向動作」的對象，則必須用「と」助詞。

★昨日 日本の友だち<u>に</u> 手紙を 出しました。
昨天寄信給日本的朋友。

★昨日 友だち<u>に</u> 電話を かけました。
昨天打電話給朋友。

❸ 對象助詞：（人物）＋に＋動詞被動（受身）句
以「に」助詞提示動作

018

6. 詞類型態、變化的製作

詞類型態、變化的製作，都用表格歸納得一清二楚，學習一目了然，印象深刻！

③ 使役被動表現：V的ない形＋せられる／させられる

以被指使者的立場所看待的使役動作。使用於「某人被指使去做某事」時的語法表現。以「A（被使役者）は B（使役者）に ＿＿＿を使役被動句」的形式出現。G1動詞在製作使役被動句時，除了語尾「～す」以外的語彙，雖然文法上為「せられる」，但是在口語表達中經常以「される」取代其發音。

「使役被動表現」的製作方式：

分類	製作方式
G1	書く → 書か＋せられる（される） 買う → 買わ＋せられる
G2	見る → 見＋させられる 食べる → 食べ＋させられる
G3	する → させられる 来る → 来させられる

★わたしは 社長に 日本へ 出張に 行かせられました（行かされました）。
我被老闆叫去日本出差了。

★買いたくないのに、買わせられました（買わされました）。
不想買卻被迫購買了。

★父は 医者に お酒を やめさせられました。
父親被醫生要求戒酒。

★日曜日なのに 学校に 来させられました。
明明是星

助詞 名詞 イ形容詞 ナ形容詞 疑問詞 副詞 指示詞 接續詞 **動詞** 複合詞 接辭 敬語

7. 索引式標籤瀏覽

字典式的索引標籤，方便查詢瀏覽，提高學習效率！

8. 實用例句與中文解釋

實用的生活化例句，附上中文解釋，掌握詞義，理解用法。

★学生のとき わたしは よく 先生に 叱られました。
我學生時期經常被老師責備。

★昨日 雨に 降られました。
昨天被雨淋了。

❹ 對象助詞：（人物）＋に＋他動詞使役句型

以「に」助詞提示使役的對象。

★先生は 学生に レポートを 書かせました。
老師叫學生寫報告。

★母は 弟に 薬を 飲ませました。
媽媽要弟弟吃藥。

❺ 目的助詞：（目的）＋に＋移動性動詞

移動的目的是為了做某事。此目的助詞接續在「動作性名詞」及「動詞ます形」之後。移動性動詞包括：

行く	来る	帰る	入る
出る	戻る	出かける	寄る
登る	上がる	降りる	

★日本語の勉強に 日本へ 行きます。
為了學習日文去日本。

助詞
名詞
イ形容詞
ナ形容詞
疑問詞
副詞
指示詞
接續詞
動詞
複合詞
接辭
敬語

9. 常用表現的表格式整理

活用表現整理成表格，可做代換練習，徹底熟悉用法。

目　錄

第二單元　名詞篇　067

第三單元 イ形容詞篇 089

1. 禮貌形時態

2. 普通形時態

3. イ形容詞＋名詞

4. イ形容詞去い＋さ

5. イ形容詞去い＋くて＋形容詞

6. イ形容詞去い＋く＋動詞

7. イ形容詞去い＋く＋します

8. イ形容詞去い＋く＋なります

9. イ形容詞「普通形」＋でしょう

10. イ形容詞「普通形」＋だろう

11. イ形容詞「普通形」＋ようです

12. イ形容詞去い＋そうです

13. イ形容詞「普通形」＋そうです

14. イ形容詞去い＋かったら

15. イ形容詞去い＋ければ

16. イ形容詞去い＋くても

17. イ形容詞去い＋がる

第四單元　ナ形容詞篇　109

1. 禮貌形時態

2. 普通形時態

3. ナ形容詞＋な＋名詞

4. ナ形容詞語幹＋さ

5. ナ形容詞＋で＋形容詞

6. ナ形容詞＋に＋動詞

7. ナ形容詞＋に＋なります

8. ナ形容詞「普通形」＋でしょう

9. ナ形容詞「普通形」＋だろう

10. ナ形容詞語幹＋な＋ようです

11. ナ形容詞「普通形」＋そうです

12. ナ形容詞語幹＋そうです

13. ナ形容詞た形／名詞た形＋ら

14. ナ形容詞語幹／名詞語幹＋なら

15. ナ形容詞語幹／名詞語幹＋でも

第九單元　動詞篇　157

MEMO

第一單元

助詞

　　由於華語並未使用類似「助詞」功能的語彙，所以對華語圈的學習者而言，「助詞」是困難且陌生的概念。基本上學習者只要明白，在日語的表現中，「助詞」乃扮演著橋樑的功能即可。換言之，日語的基本句型，即是利用「助詞」去串連語彙與語彙之間的關係，以連接成句了。

*01 に

❶ 時間助詞：（時間）＋に＋動作動詞

即動作發生的時間點。通常解釋成在某個時間做某件事。

時間助詞通常接續在「絕對時間」（含有數字的時間，例如：～時～分、～月～日）之後，「相對時間」（不含數字的時間名詞語彙）一般而言並不使用助詞。

★わたしは 毎日 6時半に 起きます。

我每天六點半起床。

★わたしは 毎日 6時半に 晚ご飯を 食べます。

我每天六點半吃晚飯。

❷ 對象助詞：（人物）＋に＋動作動詞

即承受動作的對象。通常「に」助詞用來表示「單向動作」的對象。如果是「雙向動作」的對象，則必須用「と」助詞。

★昨日 日本の友だちに 手紙を 出しました。

昨天寄信給日本的朋友。

★昨日 友だちに 電話を かけました。

昨天打電話給朋友。

❸ 對象助詞：（人物）＋に＋動詞被動（受身）句

以「に」助詞提示動作者。

★学生のとき わたしは よく 先生に 叱られました。

我學生時期經常被老師責備。

★昨日 雨に 降られました。

昨天被雨淋了。

❹ 對象助詞：（人物）＋に＋他動詞使役句型

以「に」助詞提示使役的對象。

★先生は 学生に レポートを 書かせました。

老師叫學生寫報告。

★母は 弟に 薬を 飲ませました。

媽媽要弟弟吃藥。

❺ 目的助詞：（目的）＋に＋移動性動詞

移動的目的是為了做某事。此目的助詞接續在「動作性名詞」及「動詞ます形」之後。移動性動詞包括：

行く	来る	帰る	入る
出る	戻る	出かける	寄る
登る	上がる	降りる	

★日本語の勉強に 日本へ 行きます。

為了學習日文去日本。

助詞 / 名詞 / イ形容詞 / ナ形容詞 / 疑問詞 / 副詞 / 指示詞 / 接續詞 / 動詞 / 複合詞 / 接辭 / 敬語

★兄は　辞書を　買いに　出かけました。

哥哥為了買字典出門了。

★歴史博物館へ　ミレーの絵を　見に　行きました。

去歷史博物館看了米勒的畫。

★家へ　忘れ物を　取りに　帰ります。

回家去拿忘了的東西。

❻ 存在場所助詞：（場所）＋に＋存在動詞

　　此句型用來表示在某處有某人或某物。日語中表示有生命、有感情的人或動物存在時用「います」，表示無生命、無感情的東西物品存在時用「あります」。

★先生は　教室に　います。

老師在教室。

★椅子の下に　猫が　います。

桌下有貓。

★机の上に　日本語の本が　あります。

桌上有日文的書。

★かばんの中に　辞書が　あります。

皮包裡有字典。

❼ 變化結果助詞：（名詞）＋に＋なる

　　此句型用來表示事物或狀態變化的結果。中文翻譯為「變成～，成為～」。通常以「～に　なる」的句型出現。

變化結果動詞有：「<ruby>変<rt>か</rt></ruby>わる」、「<ruby>乗<rt>の</rt></ruby>り<ruby>換<rt>か</rt></ruby>える」、「<ruby>換<rt>か</rt></ruby>える」……等等。

★ <ruby>弟<rt>おとうと</rt></ruby>は <ruby>日本<rt>にほん</rt></ruby>へ <ruby>行<rt>い</rt></ruby>くことに なりました。

弟弟決定去日本了。

★もう <ruby>12時<rt>じゅうにじ</rt></ruby>に なりましたよ。ご<ruby>飯<rt>はん</rt></ruby>を <ruby>食<rt>た</rt></ruby>べましょう。

已經十二點了。吃飯吧！

❽ 接觸助詞：（名詞）＋に＋動作動詞

此句型用來表示身體與某空間的接觸或進入。從廣義的角度而言，只要是身體與空間位置的接觸或進入都用此助詞。

★<ruby>毎日<rt>まいにち</rt></ruby> <ruby>電車<rt>でんしゃ</rt></ruby>に <ruby>乗<rt>の</rt></ruby>って <ruby>学校<rt>がっこう</rt></ruby>へ <ruby>行<rt>い</rt></ruby>きます。

每天搭電車去學校。

★<ruby>早<rt>はや</rt></ruby>く <ruby>教室<rt>きょうしつ</rt></ruby>に <ruby>入<rt>はい</rt></ruby>りましょう。

趕快進教室吧。

★<ruby>電車<rt>でんしゃ</rt></ruby>に <ruby>乗<rt>の</rt></ruby>って <ruby>遊園地<rt>ゆうえんち</rt></ruby>へ <ruby>行<rt>い</rt></ruby>きます。

搭電車去遊樂園。

❾ 期間助詞：（期間）＋に＋數量詞

此句型用來表示在某個期間範圍內發生的動作頻率或時間的分配。

★わたしは <ruby>1日<rt>いちにち</rt></ruby>に <ruby>3回<rt>さんかい</rt></ruby> <ruby>歯<rt>は</rt></ruby>を <ruby>磨<rt>みが</rt></ruby>きます。

我一天刷牙三次。

★一週間に　3時間　日本語を　勉強します。
一週學習日語三小時。

★1年に　2回　旅行します。
一年旅行二次。

★日本語能力試験は　1年に　2回　行われます。
日本語能力測驗一年舉辦二次。

❿ 抉擇助詞：（名詞）＋に＋する

　　利用「に」助詞來提示選擇或決定的內容。通常以「～に　する」的句型出現。

★わたしは　カレーライスに　します。
我要咖哩飯。

★今日は　タクシーに　します。
今天要搭計程車。

⓫（動作作用所及之）位置助詞：（名詞）＋に＋動作動詞

　　利用「に」助詞提示動作作用所到達的位置。

★わたしは　黒板に　名前を　書きました。
我在黑板寫了名字。

★お金を　財布に　入れました。
將錢放入錢包。

⓬ 基準助詞：（名詞）＋に＋遠い（近い）

　　以「に」助詞提示二個地點相距遠近的基準。在口語表現中可以
「から」取代「に」助詞的使用。

★わたしの家は　会社に　遠いです。

　我家離公司很遠。

助詞

名詞

イ形容詞

ナ形容詞

疑問詞

副詞

指示詞

接続詞

動詞

複合詞

接辞

敬語

*02 で

❶ 手段方法助詞：（名詞）＋で＋動作動詞

此句型用來表達利用某種方法完成動作的進行。包含「移動」（交通工具）、「語言」、及「一般工具」等三種方法。

★わたしは　バスで　家へ　帰ります。

我搭巴士回家。

★中国人は　はしで　ご飯を　食べます。

中國人用筷子吃飯。

★先生は　学生と　日本語で　話します。

老師用日文與學生交談。

★鉛筆で　書かないでください。

請不要用鉛筆寫。

★日本語で　電話を　かけなければ　なりません。

必須用日文打電話。

❷ 動作地點助詞：（地點）＋で＋動作動詞

此句型利用助詞「で」來表現後項動作所發生的地點。中文解釋為「在某地做〜」之意。

★毎日　学校で　勉強します。

每天在學校學習。

★毎日　スーパーで　2時間　アルバイトします。

每天在超市打工二小時。

❸ 基準範圍助詞：（數量詞）＋で＋價格表現

　　此句型利用助詞「で」來表達數量計算的範圍。通常後文會接續金額價格的表現。

★10元の切手は　5枚で　50元です。

十元的郵票五張是五十元。

★1つ　50元ですから、5つで　250元です。

一個是五十元，所以五個共是二百五十元。

❹ 原因理由助詞：（原因）＋で＋結果句

　　此句型為因果關係的表現句。中文解釋為「因為（原因）～，所以～」。但一般而言「で」助詞，都是用來表達不好的、或非期望的結果。

★かぜで　学校を　休みました。

因為感冒，所以學校請假了。

★不景気で　会社が　つぶれました。

因為不景氣，公司倒閉了。

★交通事故で　足を　骨折しました。

因為交通事故，腳骨折了。

助詞
名詞
イ形容詞
ナ形容詞
疑問詞
副詞
指示詞
接續詞
動詞
複合詞
接辭
敬語

❺ 材料助詞：（名詞）＋で＋動作動詞

　　此句型利用「で」助詞表示物品製作時所使用的原（材）料。如果物品製作完成時，已經無法辨識原材料，則可以使用「から」代替「で」，若仍可看出原材料時，則只可使用「で」助詞。

★ビールは　麦で / から　作ります。

　啤酒是用麥製作的。

★木で　机を　作りました。

　用木頭做了桌子。

★羊の皮で　かばんを　作りました。

　用羊皮做了皮包。

❻ 基準範圍助詞：（時間數量詞）＋で＋結果動詞

　　以「で」助詞提示完成某項動作必須花費的時間。結果動詞有「できる」、「終わる」、「読み終わる」、「食べてしまう」……等等。

★わたしは　2時間で　この本を　読んでしまいました。

　我二小時就看完了這本書。

*03 が

助詞

名詞

イ形容詞

ナ形容詞

疑問詞

副詞

指示詞

接續詞

動詞

複合詞

接辭

敬語

❶ 主語助詞：（疑問代名詞）＋が＋疑問句

句子以疑問代名詞當主語時，以「が」助詞來提示主語的地位。

★どの車<ruby>車<rt>くるま</rt></ruby>が　鈴木<ruby>鈴木<rt>すずき</rt></ruby>さんのですか。

哪一台車是鈴木先生的呢？

★どれが　林先生<ruby>林先生<rt>はやしせんせい</rt></ruby>の本<ruby>本<rt>ほん</rt></ruby>ですか。

哪一本是林老師的書呢？

★どの人<ruby>人<rt>ひと</rt></ruby>が　日本語<ruby>日本語<rt>にほんご</rt></ruby>の先生<ruby>先生<rt>せんせい</rt></ruby>ですか。

哪位是日文老師呢？

❷ 主語助詞：（名詞）＋が＋狀態敘述句（自動詞、イ形容詞、ナ形容詞）

以自然界中非人力所能改變的現象（例：花開、花落、下雨……等），或社會狀態（例：人口、商業、交通……等）為敘述內容時，以「が」助詞來提示主語的地位。

★昨日<ruby>昨日<rt>きのう</rt></ruby>は　一日中<ruby>一日中<rt>いちにちじゅう</rt></ruby>　雨<ruby>雨<rt>あめ</rt></ruby>が　降<ruby>降<rt>ふ</rt></ruby>っていました。

昨天下了一整天的雨。

★この島<ruby>島<rt>しま</rt></ruby>は　人口<ruby>人口<rt>じんこう</rt></ruby>が　少<ruby>少<rt>すく</rt></ruby>ないです。

這個島的人口很少。

★この町<ruby>町<rt>まち</rt></ruby>は　交通<ruby>交通<rt>こうつう</rt></ruby>が　とても　便利<ruby>便利<rt>べんり</rt></ruby>です。

這個城市交通非常方便。

❸ 補述主語助詞：（名詞）＋が＋形容詞敘述句

　　此句型通常以「～は～が～敘述句」的形式出現，用來補充敘述主語「～は」身上的特徵或內部的現象。

★姉は　目が　大きいです。

　　姐姐的眼睛很大。

★台南は　食べ物が　おいしいです。

　　台南的食物很好吃。

★娘は　背が　低いです。

　　女兒個子很矮。

❹ 能力助詞：（名詞）＋が＋能力動詞

　　在能力動詞之前，以「が」助詞來提示能力的內容。能力動詞包括「分かります」、「できます」、「G1動詞え段音＋る」、「G2動詞去る＋られる」所製作出的語彙及「見える」、「聞こえる」……等語彙。

★ここから　海が　見えます。

　　從這裡可以看到海。

★わたしは　日本語が　分かります。

　　我懂日文。

★弟は　勉強が　よく　できます。

　　弟弟很會唸書。

❺ 程度助詞：（名詞）＋が＋程度形容詞

　　在程度形容詞之前，以助詞「が」來提示某項能力的程度。程度形容詞有「上手<ruby>上手<rt>じょう ず</rt></ruby>」、「下手<rt>へ た</rt>」、「得意<rt>とく い</rt>」、「苦手<rt>にが て</rt>」等語彙。

★お母<rt>かあ</rt>さんは　生<rt>い</rt>け花<rt>ばな</rt>が　上手<rt>じょう ず</rt>です。

　媽媽很會插花。

★彼女<rt>かのじょ</rt>は　料理<rt>りょう り</rt>が　下手<rt>へ た</rt>です。

　她菜做得不好。

❻ 感情助詞：（名詞）＋が＋感情形容詞

　　日語中的感情形容詞，指的是一個人生理上或心理上自發性的感覺或情緒表現。包括「好<rt>す</rt>き」、「嫌<rt>きら</rt>い」、「痛<rt>いた</rt>い」、「欲<rt>ほ</rt>しい」、「動詞的ます形＋たいです」等語彙。

★わたしは　いちごが　好<rt>す</rt>きです。

　我喜歡草莓。

★わたしは　バナナが　嫌<rt>きら</rt>いです。

　我討厭香蕉。

★どこが　痛<rt>いた</rt>いですか。

　哪裡痛呢？

★今<rt>いま</rt>　何<rt>なに</rt>が　一番欲<rt>いちばん ほ</rt>しいですか。

　現在最想要什麼呢？

助詞
名詞
イ形容詞
ナ形容詞
疑問詞
副詞
指示詞
接續詞
動詞
複合詞
接辭
敬語

❼ 存在助詞：（名詞）＋が＋存在動詞

　　存在動詞包括：有生命、有感情的人或動物之存在「います」，
無生命、無感情的物品之存在「あります」二語彙。

★**<ruby>教室<rt>きょうしつ</rt></ruby>に　<ruby>学生<rt>がくせい</rt></ruby>が　います。**

教室裡有學生。

★**<ruby>公園<rt>こうえん</rt></ruby>に　<ruby>子供<rt>こども</rt></ruby>が　2<ruby>人<rt>ふたり</rt></ruby>　います。**

公園裡有二個小孩。

★**かばんの<ruby>中<rt>なか</rt></ruby>に　けいたいが　あります。**

包包裡有手機。

❽ 主語助詞：（授予者）＋が＋くれる（くださる）

　　在授受表現中以第三人為授予者時，以「が」助詞提示其主語的
地位。

★**これは　<ruby>母<rt>はは</rt></ruby>が　くれました。**

這是媽媽給的。

★**<ruby>先生<rt>せんせい</rt></ruby>が　くださったかばんは　きれいです。**

老師給的皮包很漂亮。

❾ 主語助詞：（名詞）＋が＋被動（受身）句

　　以「事」或「物」為被動句的主語時，以「が」助詞來提示其主
語地位。

★「ハリー・ポッター」が　多くの人に　読まれています。

很多人閱讀《哈利波特》。

★北京で　オリンピックが　生中継されます。

在北京現場轉播奧運。

❿ 感覺助詞：（名詞）＋が＋する

　　以「が」助詞提示味覺、嗅覺、聽覺、視覺、感覺等五感的內容。通常以「～が　する」的句型出現。

★玄関に　誰か　来たような　気が　します。

玄關好像有什麼人來了。

★喫茶店の前を　通ると　コーヒーのいい香りが　します。

經過咖啡廳前面，就聞到咖啡的香氣。

⓫ 順接助詞：（句子）＋が＋（句子）

　　以「が」助詞連接二句關係密切的句子，作為話題轉折之接續助詞。

★すみませんが、あと10分　待ってください。

很抱歉！請再等十分鐘。

助詞

名詞

イ形容詞

ナ形容詞

疑問詞

副詞

指示詞

接續詞

動詞

複合詞

接辭

敬語

*〔04〕は

❶ 主語助詞：（名詞）＋は＋敘述句

　　日語中以「は」助詞承接於名詞主語之下時，表示以此內容當成文中所敘述的重點。主語所涵蓋的範圍非常廣泛，不管是人、事、地、物，或是人所談論的話題、話題中所限定的主題等，都包括在內。

★わたしは　台湾人<ruby>たいわんじん</ruby>です。

我是台灣人。

★昨日<ruby>きのう</ruby>は　あまり　寒<ruby>さむ</ruby>くなかったです。

昨天不太冷。

★わたしは　中央大学<ruby>ちゅうおうだいがく</ruby>の先生<ruby>せんせい</ruby>です。

我是中央大學的老師。

★京都<ruby>きょうと</ruby>の秋<ruby>あき</ruby>は　とても　きれいです。

京都的秋天非常漂亮。

★A「毎日<ruby>まいにち</ruby>　テレビを　見<ruby>み</ruby>ますか」
　B「いいえ、毎日<ruby>まいにち</ruby>は　見<ruby>み</ruby>ません。ときどき　見<ruby>み</ruby>ます」

A「每天看電視嗎？」
B「不，沒有每天看。偶爾看。」

❷ 對比助詞：（名詞）＋は～（名詞）＋は～

　　當一個句子提及二個主題，並將此二個主題加以對照說明時，二個主題都以「は」助詞來引導。

★肉は　食べますが、魚は　食べません。

吃肉但不吃魚。

★お酒は　飲みますが、タバコは　吸いません。

喝酒但不抽菸。

❸ 強調助詞：（名詞）＋（助詞＋は）＋敘述文

　　利用「は」助詞接續在其它助詞之下，以表示加強語氣，是一種強調的用法。

★教室には　誰も　いません。

教室裡沒有半個人。

★デパートでは　買い物しません。

不在百貨公司購物。

★日曜日だから、会社には　誰も　いません。

因為是星期天，所以公司裡沒有半個人。

助詞

名詞

イ形容詞

ナ形容詞

疑問詞

副詞

指示詞

接續詞

動詞

複合詞

接辭

敬語

*05 を

❶ 受詞助詞：（名詞）＋を＋他動詞動作句

　　表示動作作用所及的人或物或事。一般而言，人體除了腿部的移動外，幾乎所有的動作都是以「を」助詞連接動作句。

★わたしは　毎朝　新聞を　読みます。

我每天早上看報紙。

★先生は　毎週水曜日に　テストを　します。

老師每週三考試。

★駅で　友だちを　待ちます。

在車站等待朋友。

❷ 通過助詞：（地點）＋を＋移動性自動詞

　　此句型利用「を」助詞，來提示移動動作所通過的地點。

★いつも　お母さんと　公園を　散歩します。

經常和母親在公園散步。

★2番目の角を　右に　曲がってください。

請在第二個路口向右轉。

❸ 離開（脫離）助詞：（地點）＋を＋脫離性自動詞

　　廣義而言，身體與空間地點脫離的動作，都必須以助詞「を」來表示身體所脫離的位置點。

★台北駅で 電車を 降りました。

在台北車站下了電車。

★毎朝 ７時半に 家を 出ます。

每天早上七點半出門。

❹ 受詞助詞：（名詞）＋を＋他動詞被動（受身）句

以「を」助詞提示動作作用所及的人或物或事。

★母に 彼からの手紙を 読まれました。

男朋友的來信被媽媽看了。

★となりの人に 足を 踏まれました。

被旁邊的人踩到腳了。

❺ 對象助詞：（人物）＋を＋自動詞使役句

以「を」助詞提示使役動作的對象人物。

★人を 待たせては いけないよ。

不可以讓別人等哦。

★彼を 怒らせたら たいへんですよ。

如果讓他生氣就慘了哦。

助詞

名詞

イ形容詞

ナ形容詞

疑問詞

副詞

指示詞

接續詞

動詞

複合詞

接辭

敬語

*06 へ

方向助詞：（地點）＋へ＋移動性動詞

此句型利用「へ」助詞，來提示移動動作的方向。移動性動詞包括「行きます」、「来ます」、「帰ります」……等等。

★去年の夏　日本へ　行きました。

去年夏天去了日本。

★夏休み　山へ　行ったり　しました。

暑假去了山上等等的地方。

*07 の

助詞

名詞

イ形容詞

ナ形容詞

疑問詞

副詞

指示詞

接續詞

動詞

複合詞

接辭

敬語

❶ 所有、所屬助詞：（名詞）＋の＋（名詞）

　　所有、所屬的「の」助詞。在口語表達時，「の」後面接續的名詞可以省略。

★それは　わたし<u>の</u>本です。

　　那是我的書。

★その本は　わたし<u>の</u>です。

　　那本書是我的。

★その赤い<u>の</u>を　ください。

　　請給我那個紅色的。

> 説明：その赤い靴を　ください。
> 　　　＝その赤い<u>の</u>を　ください。
> 　　　（在口語表現中，用「の」取代名詞「靴」）

★それは　誰<u>の</u>本ですか。

　　那是誰的書呢？

❷ 性質內容助詞：（名詞）＋の＋（名詞）

　　利用「の」助詞提示後句名詞的性質或內容。

★日本語<u>の</u>本です。

　　日文的書。

★かわの靴です。

皮做的鞋子。

★日本語の雑誌です。

日文的雜誌。

★布のかばんです。

布做的書包。

❸ 主語助詞：（名詞）＋の＋敘述句

以「の」助詞取代句中主語助詞「が」的使用。

★わたしの働いている会社は　とても　有名です。

我工作的公司非常有名。

★あなたの盗まれたものは　これですか。

你被偷的東西是這個嗎？

❹ 事件助詞：（動詞普通形）＋の＋句子

動詞句名詞化的表現。以「の」助詞取代「こと」的使用。

★昨日　銀行へ　行くのを　忘れました。

昨天忘了去銀行。

★本を　読むのが　好きです。

很喜歡看書。

❺ 目的助詞：（動詞辭書形）＋の＋に（目的）＋句子

　　動詞句名詞化的表現。以「の」助詞取代「ため」語彙，後續句子伴隨目的「に」助詞。

★家を　買う<u>の</u>に　お金を　たくさん　使いました。

為了買房子花了很多錢。

❻ 對象助詞：（動詞普通形）＋の＋が＋可能動詞

　　動詞句名詞化的表現。以「の」助詞提示可能動詞的對象，通常「が」助詞會伴隨後續的可能句型一起出現。

★公園で　子供が　遊んでいる<u>の</u>が　見えます。

可以看見公園有小孩在玩耍。

★どこかで　子猫が　鳴いている<u>の</u>が　聞こえます。

不知從哪裡傳來了小貓的叫聲。

助詞

名詞

イ形容詞

ナ形容詞

疑問詞

副詞

指示詞

接續詞

動詞

複合詞

接辭

敬語

*08 と

① 並列助詞：（名詞）＋と＋（名詞）

以「と」助詞將二個同性質的名詞同時舉出，也可視同全部表現。中文解釋為「～和～」。

★机の上に　本と鉛筆が　あります。

桌上有書本和鉛筆。

★朝　サンドイッチとドーナツを　食べました。

早上吃了三明治和甜甜圈。

★机の上に　本とノートと鉛筆が　あります。

桌上有書本和筆記本和鉛筆。

② 對象助詞：（人物）＋と＋動作句

助詞「と」用來表示互動動作的對象，也就是一起進行某項動作的人物。中文解釋為「和～人一起做～」。

★昨日　家族と　映画を　見ました。

昨天和家人一起看了電影。

★わたしは　来月　姉と　日本へ　行きます。

我下個月要和姐姐一起去日本。

③ 內容助詞：（句子）＋と＋語言動作動詞

此句型利用「と」助詞來引述話語的內容，「と」助詞前文的句

子不須考量時態的問題。

★先生は 「休みましょう」と 言いました。

老師說：「休息吧！」

★日本人は 家を 出るとき 「行って来ます」と
言います。

日本人出門時說：「我要出門了。」

★日本人は ご飯を 食べる前に 「いただきます」と
言います。

日本人吃飯前說：「我開動了。」

❹ 內容助詞：（普通形）＋と＋思う（考える）

　　此句型與前述③同屬內容助詞，表示考量或感受的內容。「と」
助詞的前文一般以普通形出現。

★日本の食べ物は おいしいと 思います。

我認為日本的食物很好吃。

★明日も 雨が 降ると 思います。

我覺得明天也會下雨。

❺ 內容助詞：（名詞）＋と＋言う（呼ぶ）

　　此句型以「と」助詞來提示名稱或命名的內容。與前述的功能相
同。

★わたしは 余と 言います。

我姓余。

★これから　あきこと　呼んでください。

今後請叫我秋子。

❻ 條件助詞：Ａ（句子）＋と＋Ｂ（句子）

　　以「と」助詞來提示Ａ條件，當Ａ條件成立時，則會帶來Ｂ的現象或結果。Ａ條件句通常以「動詞的辭書形」或「ない形」出現。

★秋に　なると　涼しく　なります。

一到秋天就變涼。

★左へ　曲がると　コンビニが　あります。

向左轉就有便利商店。

*09 や

助詞

名詞

イ形容詞

ナ形容詞

疑問詞

副詞

指示詞

接續詞

動詞

複合詞

接辭

敬語

列舉助詞：（名詞）＋や＋（名詞）

　　相對於前述「と」助詞表達同性質名詞的並列、全部表現，此句型的「や」助詞則表達同性質名詞的列舉或部份表現。

★かばんの中に　かぎや財布などが　あります。

　書包裡有鑰匙、錢包等等。

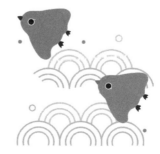

*10 とか

列舉助詞：（名詞）＋とか＋（名詞）＋とか

　　此句型的「とか」助詞表達同性質名詞的列舉，暗示除了舉出的事物之外，還有很多其他類似的事物。與「～や～（など）」助詞的功能相同。

★学校の近くに　本屋とかパン屋とかが　あります。

　學校附近有書店、麵包店等等。

★毎日　掃除とか洗濯とかで　忙しいです。

　每天因為打掃、洗衣等等，很忙碌。

*11 も

① 事件類比助詞：（名詞）＋も＋敘述文

此句型以「も」助詞來提示同類事件的對照，一般以「～を～。～も～。」的句型出現。

★昨日 テニスを しました。それから、ピンポン<u>も</u>
しました。

昨天打了網球。然後，也打了桌球。

★今朝 日本語を 勉強しました。それから、英語の勉強<u>も</u>
しました。

今天早上唸了日文。然後，也唸了英文。

② 事物並列助詞：（名詞）＋も＋敘述文

此句型以「も」助詞來提示同類事物的並列。一般以「AもB
も～。」的句型出現。

★お金<u>も</u>暇<u>も</u> ありません。

沒錢也沒閒。

★わたし<u>も</u>王さん<u>も</u> 日本語の先生です。

我和王先生都是日文老師。

③ 強調助詞：（數量詞）＋も＋動作句

以「も」助詞來強調超乎一般人所預期的數量。

★昨日　5時間も　残業しました。

昨天竟然加了五個小時的班。

❹ 疑問代名詞＋も＋否定表現

　　此句型為完全否定的表現。中文解釋為「完全不～」。口語表現時，可以利用「助詞＋も」的形式作為強調。

★家に　誰も　いません。

家裡沒半個人。

★お金も　暇も　ありませんから、どこへも　行きません。

因為既沒錢也沒時間，所以哪裡都不去。

★日曜日ですが、どこへも　行きません。

雖然是星期天，但是哪裡都不去。

*12 か

助詞

名詞

イ形容詞

ナ形容詞

疑問詞

副詞

指示詞

接續詞

動詞

複合詞

接辭

敬語

❶ 不確定助詞:（疑問詞）＋か＋要求表現

　　此句型將「か」助詞擺在疑問詞後面，提示說話者不確定的態度，句末接續要求表現。中文解釋為「是否～」。

★誰<u>か</u>　荷物を　持ってください。

　　是否有人可以幫我提行李？

★誰<u>か</u>　窓を　開けてください。

　　是否有誰幫我開一下窗呢？

❷ 不確定助詞:（疑問詞）＋か＋疑問句
　　不確定助詞:（動詞普通形）＋か＋敘述句

　　此句型與前述相同，提示說話者不確定的態度，或要求確認的態度（句末以疑問句或敘述句結束）。

★部屋に　誰<u>か</u>　いますか。

　　房間裡有人嗎？

★彼は　いつ　日本へ　行く<u>か</u>　分かりません。

　　不知道他何時要去日本。

❸ 選擇助詞:（名詞）＋か＋敘述句

　　此句型的「か」助詞，屬二者擇一的選擇表現。中文解釋為「～或者～」。

★土曜日<ruby>土<rt>ど</rt></ruby><ruby>曜<rt>よう</rt></ruby><ruby>日<rt>び</rt></ruby>か<ruby>日<rt>にち</rt></ruby><ruby>曜<rt>よう</rt></ruby><ruby>日<rt>び</rt></ruby>　<ruby>買<rt>か</rt></ruby>い<ruby>物<rt>もの</rt></ruby>に　<ruby>行<rt>い</rt></ruby>きます。

星期六或是星期天去購物。

★<ruby>水<rt>すい</rt></ruby><ruby>曜<rt>よう</rt></ruby><ruby>日<rt>び</rt></ruby>か<ruby>金<rt>きん</rt></ruby><ruby>曜<rt>よう</rt></ruby><ruby>日<rt>び</rt></ruby>の<ruby>夜<rt>よる</rt></ruby>　<ruby>映<rt>えい</rt></ruby><ruby>画<rt>が</rt></ruby>を　<ruby>見<rt>み</rt></ruby>に　<ruby>行<rt>い</rt></ruby>きましょう。

星期三或星期五的晚上去看電影吧！

❹ ～か、どうか～

　　此句型利用「～か、どうか～」，表達不明確的正反兩面內容。可利用「（名詞）か、どうか～」及「（動詞普通形）か、どうか～」二種形式出現。表達強調的語氣時，則可以「（動詞辭書形）か、（動詞ない形）か～」的形式出現。

★<ruby>日<rt>に</rt></ruby><ruby>本<rt>ほん</rt></ruby>へ　<ruby>行<rt>い</rt></ruby>くか、<ruby>行<rt>い</rt></ruby>かないか　まだ　<ruby>決<rt>き</rt></ruby>まっていません。

還沒決定是否要去日本。

★<ruby>来<rt>らい</rt></ruby><ruby>週<rt>しゅう</rt></ruby>の<ruby>月<rt>げつ</rt></ruby><ruby>曜<rt>よう</rt></ruby><ruby>日<rt>び</rt></ruby>　<ruby>休<rt>やす</rt></ruby>みか、どうか　まだ　<ruby>分<rt>わ</rt></ruby>かりません。

還不知道下週一是否放假。

*13 から

助詞

名詞

イ形容詞

ナ形容詞

疑問詞

副詞

指示詞

接續詞

動詞

複合詞

接辭

敬語

❶（時間名詞）＋から＋動作動詞

時間的起點。表示動作或狀態是從這個時間點開始。

★試験は　8時10分<u>から</u>です。

考試是八點十分開始。

★8時10分<u>から</u>　試験を　始めます。

八點十分開始考試。

★朝の授業は　8時10分<u>から</u>です。

上午的課程是八點十分開始。

★8時10分<u>から</u>　朝の授業を　します。

八點十分開始進行上午的課程。

❷（地點名詞）＋から＋移動性動詞

地點的起點。用「から」助詞來提示主語人物移動動作的起源位置。

★日本<u>から</u>　友人が　来ます。

朋友從日本來。

★明日　友だちが　日本<u>から</u>　来ます。

明天朋友要從日本來。

❸（人物名詞）＋から＋接受動詞

　　以「から」助詞提示授受動詞中接受物的起源。（參考對象「に」助詞）

★お母_{かあ}さん<u>から</u>　きれいなかばんを　もらいました。

從媽媽那兒得到了漂亮的皮包。

❹（地點名詞）＋から＋敘述句

　　以「から」助詞提示句中出現的兩地距離。（參考基準「に」助詞）

★中央大学_{ちゅうおうだいがく}は　駅_{えき}<u>から</u>　ちょっと　遠_{とお}いです。

中央大學離車站有點遠。

*14 まで

助詞

名詞

イ形容詞

ナ形容詞

疑問詞

副詞

指示詞

接続詞

動詞

複合詞

接辞

敬語

❶（時間名詞）＋まで＋動作動詞

　　時間的終點。表示某個動作或狀態是進行到這個時間點為止。

★朝の授業は　12時までです。

上午的課程到十二點為止。

★12時まで　朝の授業を　します。

到十二點為止，進行上午的課程。

★夜中まで　テレビを　見ていました。

看電視看到了深夜。

❷（地點名詞）＋まで＋移動性動詞

　　地點的終點。用「まで」助詞提示主語人物移動動作的終點位置。

★わたしは　駅まで　友だちを　送ります。

我送朋友到車站。

★わたしは　空港まで　友だちを　迎えに　行きました。

我去機場接了朋友。

*15 までに

期限助詞：（時間）＋までに＋動作句

　　以「までに」提示時間的期限，表示動作必須在此期限前完成。
中文解釋為「在～之前」。

★4時の電車に　乗りますから、4時<u>までに</u>　駅へ
行かなければ　なりません。

　　要搭四點的車，所以四點前必須到車站。

*16 だけ

助詞

名詞

イ形容詞

ナ形容詞

疑問詞

副詞

指示詞

接續詞

動詞

複合詞

接辭

敬語

限定助詞：（名詞）＋だけ

　　用「だけ」助詞提示某特定對象的範圍、程度、性質、數量。中文解釋為「只有～而已」。

★その仕事は　彼だけ　できます。

　那個工作只有他會做。

★わたしだけ　納豆が　好きです。

　只有我喜歡吃納豆。

★わたしは　100元だけ　あります。

　我只有一百元。

*17 しか

限定助詞：名詞＋しか＋～ない（否定表現）

與前項同屬限定助詞的功能。但是在接續上，「しか」的後續必須為否定表現。

★わたしは　100元しか　ありません。
（ひゃくげん）

我只有一百元。

*18 ばかり

助詞

名詞

イ形容詞

ナ形容詞

疑問詞

副詞

指示詞

接續詞

動詞

複合詞

接辭

敬語

限定助詞：名詞＋ばかり / 動詞的て形＋ばかり

　　與前項同屬限定助詞的功能。「ばかり」接續在句中想要「強調的事物或動作」之後，中文解釋為「只～」、「只做～」。

★彼は　肉ばかり　食べて、野菜は　ほとんど　食べません。

他只吃肉，幾乎不吃菜。

★弟は　テレビばかり　見て、ぜんぜん　勉強しません。

弟弟總是猛看電視，都不唸書。

★息子は　遊んでばかりで、勉強しません。

兒子只顧著玩，不讀書。

*19 ぐらい

❶（數量詞）＋ぐらい

人或物或金額數量的約略表現。

★昨日の講演会は　400人ぐらい　来ました。

昨天的演講大概來了四百人左右。

★今　1000元ぐらい　あります。

現在大概有一千元左右。

❷（時間量）＋ぐらい

時間總量的約略表現。

★毎日　3時間ぐらい　日本語を　勉強します。

每天唸三小時日文。

*20 ごろ

（時間點）＋ごろ

　　時間點的約略表現。中文解釋為「～時間左右」。

★いつも　朝　7時ごろ　家を　出ます。

　總是在七點左右出門。

★父は　昨日　12時ごろ　帰りました。

　父親昨天十二點左右回到家。

助詞

名詞

イ形容詞

ナ形容詞

疑問詞

副詞

指示詞

接續詞

動詞

複合詞

接辭

敬語

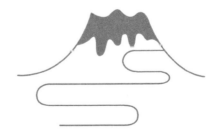

*21 など

（名詞）＋など

　　　名詞事物的部份表現。以「など」助詞提示在眾多的名詞事物中所列舉的二項或以上的事物。一般而言，經常以「〜や〜や〜など〜」的句型出現。

★昨日　スーパーで　りんごやバナナなどを　買いました。

　昨天在超市買了蘋果、香蕉等等。

★庭に　バラやチューリップなどが　咲いています。

　庭院裡開著玫瑰、鬱金香等等。

*22 でも

助詞

名詞

イ形容詞

ナ形容詞

疑問詞

副詞

指示詞

接續詞

動詞

複合詞

接辭

敬語

❶ 類推助詞：（名詞）＋でも

　　舉一例子並以此例來類推其他的狀況。中文解釋為「連～都～」之意。

★そんな 簡単（かんたん）な漢字（かんじ）なら、小学生（しょうがくせい）でも 読（よ）めます。

　　如果是這麼簡單的漢字，連小學生都會唸。

❷ 例示助詞：（名詞）＋でも

　　在同性質的事物中舉一例，並暗示除此例之外尚有很多其他的事物。

★暇（ひま）なら、お茶（ちゃ）でも 飲（の）みましょう。

　　有空的話，一起喝點茶什麼的吧！

❸ 疑問代名詞＋でも＋肯定表現

　　完全（全面）肯定的句型。以「でも」＋肯定句，表達「完全都～」之意，中文可解釋為「不論～都～」。

★そのことは 誰（だれ）でも 知（し）っています。

　　那件事所有人都知道。

*23 より

比較助詞：（名詞）＋より＋形容詞句型

　　以「より」助詞提示比較的基準，通常以「ＡはＢより～（形容詞）」的句型出現，中文解釋為「Ａ比Ｂ～」之意。

★日本語は　英語より　上手です。

日文比英文棒。

★アメリカより　台湾は　ずっと　小さいです。

比起美國，台灣小多了。

*24 ほど

比較助詞：（名詞）＋ほど＋～ない（形容詞否定句型）

　　　以「ほど」助詞提示比較的基準，通常以「ＡはＢほど～ない（否定句）」句型出現，中文解釋為「Ａ沒有Ｂ那麼的～」之意。

★英語（えいご）は　日本語（にほんご）ほど　上手（じょうず）ではありません。

　英文沒有日文那麼棒。

助詞

名詞

イ形容詞

ナ形容詞

疑問詞

副詞

指示詞

接續詞

動詞

複合詞

接辭

敬語

*25 のに

接續助詞：A（句子）＋のに＋B（句子）

　　以「のに」助詞接續前後二句，語意上為相違逆的敘述句，屬於逆態接續表現，中文解釋為「雖然～卻～」。通常以「動詞普通形 / イ形容詞＋のに」或「名詞 / ナ形容詞普通形＋なのに」的句型出現。

★お金が　ないのに、高い物ばかり　買っています。

　　明明沒錢，卻淨買些貴的東西。

★雨が　降っているのに、傘を　持たないで　出かけました。

　　明明在下雨，卻不帶傘就出門去了。

*26 ので

助詞

名詞

イ形容詞

ナ形容詞

疑問詞

副詞

指示詞

接續詞

動詞

複合詞

接辭

敬語

接續助詞：Ａ（原因句子）＋ので＋Ｂ（結果句子）

　　以「ので」助詞，接續前後二句互為因果的敘述句，屬於因果接續表現。中文解釋為「因為～所以～」，是客觀、委婉的表現。通常以「動詞普通形 / イ形容詞＋ので」或「名詞 / ナ形容詞普通形＋なので」的句型出現。

★雨が　降っている<u>ので</u>、今日の試合は　中止に
なりました。

因為在下雨，所以今天的比賽中止了。

★明日は　試験<u>なので</u>、今晩は　寝ないで　勉強します。

明天要考試，所以今晚不睡覺要唸書。

*27 し

接續助詞：Ａ（句子）＋し＋Ｂ（句子）

　　以「し」助詞，接續前後二句或二句以上的敘述句，屬於條件並列、附加接續表現。中文解釋為「既～又～」，是強調的語法表現。通常以「普通形＋し」的句型出現。

★雨が　降っているし、寒いし、どこへも
行きたくないです。

既下雨又很冷，哪裡都不想去。

★彼女は　きれいだし、優しいし、いい友だちに　なれると
思いますよ。

她長得漂亮又很溫柔，我想我應該可以和她成為好朋友哦。

*28 語尾助詞

語尾助詞承接於句子的末端，用來表達說話者內心情緒的講話語氣。

① よ

告知助詞。將自身的經驗、想法，告知他人的語尾助詞。

★ この店は　パンが　おいしいですよ。
這間店的麵包很好吃哦！

★ ここは　デザートが　おいしくて、有名なんですよ。
這裡的甜點很好吃，很有名哦！

② ね

確認助詞。將自身的經驗、想法，與他人確認，達成雙方共識的語尾助詞。

★ この店は　パンが　本当に　おいしいですね。
這間店的麵包真的很好吃呢！

★ ここのデザートは　本当に　おいしいですね。
這裡的甜點真的很好吃呢！

③ か

疑問助詞。「か」助詞承接於句子的末端，用來表達疑問之意。

★あなたは　台湾人<ruby>台湾人<rt>たいわんじん</rt></ruby>ですか。

你是台灣人嗎？

★あなたは　<ruby>先生<rt>せんせい</rt></ruby>ですか。

你是老師嗎？

❹ の

　　疑問助詞。「の」助詞承接於句子的末端，用來表達疑問之意。通常以「普通形＋の」的句型出現。

★どこへ　<ruby>行<rt>い</rt></ruby>くの。

要去哪裡呢？

★<ruby>今晩<rt>こんばん</rt></ruby>　<ruby>何<rt>なに</rt></ruby>を　<ruby>食<rt>た</rt></ruby>べるの。

今晚吃什麼？

第二單元

名詞

依日語語法所分析、定義的文法詞類而言，用來指稱「人」、「物」、「事」的用語是為「名詞」。「名詞」是無活用、無變化的單純語，每個語彙都有獨立而且完整的意思。

*01 禮貌形時態

　　在現代日語的人際關係、對待表現中，以說話者與對方的心理距離（親疏關係所衍生的距離），來決定語法的表現。一般而言，與他人的心理距離遠，而必須對他人表達有教養或敬意的語法，是為「禮貌形」。

　　「禮貌形」時態整理如下：

現在肯定	現在否定
〜です	〜ではありません 〜じゃありません
休^{やす}みです 休息	休^{やす}みではありません 休^{やす}みじゃありません 沒有休息
学^{がくせい}生です 學生	学^{がくせい}生ではありません 学^{がくせい}生じゃありません 不是學生

過去肯定	過去否定
～でした	～ではありませんでした ～じゃありませんでした
休<ruby>やす</ruby>みでした 休息了	休<ruby>やす</ruby>みではありませんでした 休<ruby>やす</ruby>みじゃありませんでした 之前沒有休息
学生<ruby>がくせい</ruby>でした 之前是學生	学生<ruby>がくせい</ruby>ではありませんでした 学生<ruby>がくせい</ruby>じゃありませんでした 之前不是學生

★わたしは　日本語<ruby>にほんご</ruby>の先生<ruby>せんせい</ruby><u>です</u>。

我是日文老師。

★その本<ruby>ほん</ruby>は　わたしの<u>ではありません</u>。

那本書不是我的。

★7年前<ruby>しちねんまえ</ruby>　わたしは　学生<ruby>がくせい</ruby><u>でした</u>。

七年前我是學生。

★先週<ruby>せんしゅう</ruby>の土曜日<ruby>どようび</ruby>は　休<ruby>やす</ruby>み<u>ではありませんでした</u>。

上週六沒有放假。

助詞

名詞

イ形容詞

ナ形容詞

疑問詞

副詞

指示詞

接續詞

動詞

複合詞

接辭

敬語

*02 普通形時態

　　相對於前文所述「禮貌形」語法的人際關係，「普通形」則使用在說話者與對方心理距離近的狀況下。一般而言，常用於彼此有親密關係的人，或者是年齡、社會地位較為低的對象。「普通形」是不含敬意的語法表現。

　　「普通形」時態整理如下：

現在肯定	現在否定
〜だ	〜ではない 〜じゃない
休^{やす}みだ 休息	休^{やす}みではない 休^{やす}みじゃない 沒有休息
学^{がくせい}生だ 學生	学^{がくせい}生ではない 学^{がくせい}生じゃない 不是學生

過去肯定	過去否定
～だった	～ではなかった ～じゃなかった
休_{やす}みだった 休息了	休_{やす}みではなかった 休_{やす}みじゃなかった 之前沒有休息
学生_{がくせい}だった 之前是學生	学生_{がくせい}ではなかった 学生_{がくせい}じゃなかった 之前不是學生

★わたしは　日本語_{にほんご}の先生_{せんせい}だ。

　我是日文老師。

★その本_{ほん}は　わたしのではない。

　那本書不是我的。

★7年前_{しちねんまえ}　わたしは　学生_{がくせい}だった。

　七年前我是學生。

★先週_{せんしゅう}の土曜日_{どようび}は　休_{やす}みではなかった。

　上週六沒有放假。

助詞

名詞

イ形容詞

ナ形容詞

疑問詞

副詞

指示詞

接續詞

動詞

複合詞

接辭

敬語

*03 名詞＋の＋名詞

名詞修飾名詞的表現。中文解釋為「～的～」。

★<ruby>日本<rt>にほん</rt></ruby>の<ruby>車<rt>くるま</rt></ruby>です。

日本的車。

★<ruby>先生<rt>せんせい</rt></ruby>のかばんです。

老師的包包。

*04 名詞＋と＋名詞

同性質名詞與名詞的並列表現。中文解釋為「～和～」。

★昨日 りんごとバナナを 買いました。

昨天買了蘋果和香蕉。

★先生と学生は 教室に います。

老師和學生在教室。

*05 名詞句＋で＋句子

名詞句與句子的接續表現。

★わたしは　余で、日本語の先生です。

我姓余，是日文老師。

★彼のお姉さんは　２５歳で、きれいな人です。

他的姐姐今年二十五歲，是個很漂亮的人。

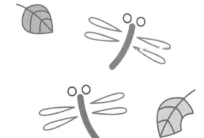

*06 名詞＋という＋名詞

名詞的導入句型。

★「田中屋」<ruby>田中屋<rt>た なか や</rt></ruby>という <ruby>店<rt>みせ</rt></ruby>は　ケーキが　おいしいです。

叫做「田中屋」的店，蛋糕很好吃。

★<ruby>張<rt>ちょう</rt></ruby>という　<ruby>先生<rt>せんせい</rt></ruby>の<ruby>授業<rt>じゅぎょう</rt></ruby>は　<ruby>学生<rt>がくせい</rt></ruby>に　<ruby>人気<rt>にん き</rt></ruby>が　あります。

姓張那位老師的課，受學生的歡迎。

助詞

名詞

イ形容詞

ナ形容詞

疑問詞

副詞

指示詞

接續詞

動詞

複合詞

接辭

敬語

*07 名詞「普通形」＋でしょう

推測表現。中文解釋為「大概～吧」。

（注意：現在肯定形的「だ」在接續「でしょう」時，「だ」會產生脫落現象。）

★<ruby>明日<rt>あした</rt></ruby>は　<ruby>雨<rt>あめ</rt></ruby>でしょう。

明天大概是雨天吧！

★それは　あなたのでしょう。

那個是你的吧！

以下特別針對幾個比較重要的「名詞」表現加以說明。

*08 重要名詞──あいだ（間^{あいだ}）

イ形（現在） ナ形＋な 名詞＋の 動詞普通形	＋あいだ（に）

　　使用於時間、空間、及人物之間的關係。中文解釋為「在～之間」。

★友^{とも}だちの<u>間^{あいだ}</u>で、そんなことを　しては　いけません。

　在朋友之間，不可以做那樣的事。

★日本^{にほん}にいる<u>間^{あいだ}</u>、京都^{きょうと}に　住^すんでいました。

　在日本的期間，住在京都。

★パン屋^やと銀行^{ぎんこう}の<u>間^{あいだ}</u>に、郵便局^{ゆうびんきょく}が　あります。

　在麵包店和銀行之間，有郵局。

★長^{なが}い<u>間^{あいだ}</u>　会^あわなかった友人^{ゆうじん}に　手紙^{てがみ}を　出^だしました。

　給長時間不見的友人寄了信。

助詞　名詞　イ形容詞　ナ形容詞　疑問詞　副詞　指示詞　接續詞　動詞　複合詞　接續辭　敬語

*09 重要名詞──うち

イ形（現在） ナ形＋な 名詞＋の 動詞普通形	＋うち（に）

「時間」、「期間」的表現形式。通常以「～うちに～」，而不以漢字的「～内～」形式出現。中文解釋為「～時候」、「～期間」。

★若いうちに、よく　勉強しなければ　なりません。

年輕的時候，必須好好唸書。

★お母さんは　テレビを　見ているうちに
寝てしまいました。

媽媽在看電視時，竟然睡著了。

★姉が　いないうちに　姉の日記を　こっそり　読みました。

姐姐不在的時候，偷偷地看了姐姐的日記。

★午後から　雨が　降るそうですから、朝のうちに
洗たくしようと　思います。

聽說下午會下雨，所以想趁著上午的時間洗衣服。

*10 重要名詞——こと

❶ 動詞普通形＋こと

「動詞句名詞化」的表現形式。也就是利用動詞的普通形修飾名詞的表現。

★**趣味は　テニスを　する<u>こと</u>です。**

興趣是打網球。

★**妹は　映画を　見る<u>こと</u>が　好きです。**

妹妹很喜歡看電影。

❷ 動詞辭書形＋ことができる

「能力」的表現形式。日語中的「能力」包括：表示人的行為能力，「能夠～」之意；表示環境的可能性，「可以～」之意。

★**日本語で　電話を　かける<u>こと</u>が　できません。**

不會用日文打電話。

★**コンビニで　コンサートの切符を　買う<u>こと</u>が　できます。**

可以在便利商店買到演唱會的票。

❸ 動詞辭書形／ない形＋ことにする

「決心」的表現形式。此句型是「說話者內心決定做、或不做某事」時的表現形式。中文解釋為「決定～」。

助詞
名詞
イ形容詞
ナ形容詞
疑問詞
副詞
指示詞
接續詞
動詞
複合詞
接辭
敬語

★わたしは　毎朝　30分ぐらい　走る<u>ことに</u>　しました。

我決定每天早上跑步大約三十分鐘左右。

★これからは　夜　遅くまで　テレビを
見ない<u>ことに</u>　します。

決定今後晚上不再看電視到太晚。

❹ 動詞辭書形＋ことになる

　「變化結果」的表現形式。因為外在的因素、條件，自然變化而成的決定或結果。中文解釋為「決定～」。

★7月から　電気代が　上がる<u>ことに</u>　なりました。

決定七月開始電費要調漲了。

★弟は　来月　結婚する<u>ことに</u>　なりました。

弟弟決定下個月要結婚了。

❺ 動詞た形＋ことがある

　「經驗」的表現形式。用來敘述以往曾經經歷或做過的事。中文解釋為「曾經～」。

★わたしは　1度　日本へ　行った<u>ことが</u>　あります。

我曾經去過一次日本。

★そんな話は　聞いた<u>ことが</u>　ありません。

沒聽過那樣的事情。

❻ 動詞辭書形 / ない形＋ことが（も）ある

「狀況」、「狀態」的表現形式。用來表現生活中雖不常、但是卻偶爾會發生的狀況。中文解釋為「有時候會～」。

★たまに　タクシーで　学校<ruby>がっこう</ruby>へ　行<ruby>い</ruby>くことが　あります。

有時候會搭計程車去學校。

★朝<ruby>あさ</ruby>の忙<ruby>いそが</ruby>しいとき　ご飯<ruby>はん</ruby>を　食<ruby>た</ruby>べないことも　あります。

早上忙的時候，有時也會不吃早飯。

❼ 動詞辭書形＋ということです

此句型是說話者要表達「傳聞」、「意見」、「想法」等內容時，所使用的表現。口語表現時也可改為「～とのことです」。

★彼女<ruby>かのじょ</ruby>は　来月<ruby>らいげつ</ruby>　転勤<ruby>てんきん</ruby>すると　いうことです。

聽說她下個月要調職了。

★5月<ruby>ごがつ</ruby>から　ガソリンの値段<ruby>ねだん</ruby>が　上<ruby>あ</ruby>がると　いうことです。

據說從五月開始，汽油的價格要調漲。

助詞

名詞

イ形容詞

ナ形容詞

疑問詞

副詞

指示詞

接續詞

動詞

複合詞

接辭

敬語

*11 重要名詞──ため

❶ 名詞＋の / 動詞辭書形＋ため（に）

「目的」的表現形式。通常以「Ａため（に）Ｂ」的句型出現，中文解釋為「為了Ａ所以Ｂ」。

★ <ruby>将来<rt>しょうらい</rt></ruby>の<u>ために</u>　よく　<ruby>勉強<rt>べんきょう</rt></ruby>しなければ　なりません。

為了將來必須要好好唸書。

★ <ruby>日本<rt>にほん</rt></ruby>へ　<ruby>行<rt>い</rt></ruby>く<u>ために</u>　<ruby>貯金<rt>ちょきん</rt></ruby>しています。

為了去日本而正在存錢。

❷

名詞＋の	
ナ形＋な	＋ため（に）
動詞辭書形	

「原因」、「理由」的客觀表現形式。通常以「Ａため（に）Ｂ」的句型出現，中文解釋為「因為Ａ所以Ｂ」之意。

★ <ruby>宿題<rt>しゅくだい</rt></ruby>が　たくさん　ある<u>ため</u>、<ruby>今晩<rt>こんばん</rt></ruby>は　どこへも　<ruby>行<rt>い</rt></ruby>けません。

因為有很多功課，所以今晚哪兒都不能去。

★ <ruby>台風<rt>たいふう</rt></ruby>の<u>ために</u>　<ruby>断水<rt>だんすい</rt></ruby>に　なりました。

因為颱風，所以停水了。

*12 重要名詞——つもり

名詞＋の / 動詞辭書形 / ない形＋つもり

「意志」的表現形式。說話者有強烈的決心或企圖心時使用此表現。中文解釋為「打算～」、「計劃～」。

★わたしは　来年　日本へ　勉強に　行く<u>つもり</u>です。

我計劃明年去日本唸書。

★そのことは　家族に　言わない<u>つもり</u>です。

那件事我打算不告訴家人。

助詞
名詞
イ形容詞
ナ形容詞
疑問詞
副詞
指示詞
接續詞
動詞
複合詞
接辭
敬語

*13 重要名詞──ところ

動詞辭書形／た形＋ところ

「時候」、「時間」的表現形式。此句型利用「～ところ」的形式出現，而不使用漢字「～所」的形式表現，是將「ところ」的空間概念轉變為時間概念，中文解釋為「正當～的時候」。

★これから　ご飯を　食べるところです。

接下來正要吃飯。

★母は　さっき　家を　出たところです。

母親剛出門去了。

*14 重要名詞──はず

名詞＋の ナ形＋な 動詞辭書形	＋はず

　　「推測」、「判斷」的表現形式。說話者根據客觀的因素來推論、判斷，認為理當如此時的表現形式。中文解釋為「應該是～」之意。否定表現有「はずがない」或「～ないはず」二種形式，中文解釋為「不可能～」或「不會～」。

★明日は　雨のはずです。

明天應該是雨天。

★彼女は　きれいだから、娘さんも　きれいなはずです。

因為她很漂亮，所以女兒應該也很漂亮。

★今日は　月曜日ですから、銀行は　営業しているはずです。

今天是星期一，所以銀行應該是有營業的。

★今日は　期末試験ですから、彼は　学校へ　来ないはずが
ありません。

今天是期末考，所以他不可能不來學校的。

助詞

名詞

イ形容詞

ナ形容詞

疑問詞

副詞

指示詞

接續詞

動詞

複合詞

接辭

敬語

*15 重要名詞──まま

動詞た形＋まま

「狀態」的表現形式。中文解釋為「在～狀態下做～」之意。此句型所指的「狀態」通常是非尋常、正常情況下不會如此做的事情。

★父は　テレビを　つけた<u>まま</u>　寝てしまいました。

父親開著電視睡著了。

*16 重要名詞──よう

①

名詞＋の ナ形＋な イ形（現在） 動詞普通形	＋ようです

　　「推測」的表現形式。說話者以自己的感受所做的主觀推測。中文解釋為「好像～」、「似乎～」。

★今日の佐藤先生は　病気の<u>ようです</u>。

　　今天的佐藤老師，好像生病了。

★彼女は　甘いものが　好きな<u>ようです</u>。

　　她似乎很喜歡吃甜食。

★社長は　今、とても　忙しい<u>ようです</u>。

　　社長現在，好像非常地忙。

★かばんが　ありませんから、張先生は　もう
帰った<u>ようです</u>よ。

　　因為皮包不在了，所以張老師好像已經回家了哦！

② 名詞＋の / 動詞普通形＋ようです

　　「比喻」的表現形式。也就是說話者對事物或狀態加以比擬的表現。中文解釋為「像～一般」、「與～相似」。依表現上的需要，可將

助詞
名詞
イ形容詞
ナ形容詞
疑問詞
副詞
指示詞
接續詞
動詞
複合詞
接辭
敬語

「よう」提到句中，當成「ナ形容詞」使用，以「ように」、「ような」的形式修飾句末的語彙。

★今日_{きょう}は　秋_{あき}の<u>よう</u>です。

　今天像秋天一樣。

→今日_{きょう}は　秋_{あき}の<u>ように</u>　涼_{すず}しいです。

　今天就好像是秋天般的涼爽。

★彼_{かれ}は　死_しんだ<u>よう</u>です。

　他像死了一樣。

→彼_{かれ}は　死_しんだ<u>ように</u>　よく　眠_{ねむ}っています。

　他像死了一般睡得很沉。

第三單元

イ形容詞

　　イ形容詞是一組有變化、有活用的語彙。說話者用來敘述自己的感受、認知等心情及感覺，或是與他人有共識的事實、狀態、性質。它與動詞相同，可拆解為語幹與語尾二部份，語尾以「～い」結束的形容詞，稱為「イ形容詞」。

*01 禮貌形時態

　　禮貌形是說話者對他人表示語言上的教養或敬意的語法。「イ形容詞」可在語尾加「です」表達禮貌之意。

　　「禮貌形」時態整理如下：

現在肯定	現在否定
～です	～くないです ～くありません
<ruby>新<rt>あたら</rt></ruby>しいです 新的	<ruby>新<rt>あたら</rt></ruby>しくないです <ruby>新<rt>あたら</rt></ruby>しくありません 不新的
いいです 好的	よくないです よくありません 不好的

　　說明：於謹慎的、公開的場合時，可使用「～くありません」取
　　　　　代「～くないです」。

過去肯定	過去否定
〜かったです	〜くなかったです 〜くありませんでした
新_{あたら}しかったです （之前是）新的	新_{あたら}しくなかったです 新_{あたら}しくありませんでした （之前是）不新的
よかったです （之前是）好的	よくなかったです よくありませんでした （之前是）不好的

★台湾_{たいわん}は　小_{ちい}さいです。

台灣很小。

★日本語_{にほんご}は　難_{むずか}しくないです。

日文不難。

★去年_{きょねん}の夏_{なつ}は　とても　暑_{あつ}かったです。

去年的夏天很熱。

★その料理_{りょうり}は　おいしくなかったです。

那道菜不好吃。

助詞

名詞

イ形容詞

ナ形容詞

疑問詞

副詞

指示詞

接續詞

動詞

複合詞

接辭

敬語

*02 普通形時態

　　禮貌形時態去「です」即是普通形。

　　「普通形」時態整理如下：

現在肯定	現在否定
～しい	～くない
おいしい 美味的	おいしくない 不美味的
いい 好的	よくない 不好的

過去肯定	過去否定
～かった	～くなかった
おいしかった （之前是）美味的	おいしくなかった （之前是）不美味的
よかった （之前是）好的	よくなかった （之前是）不好的

★台湾は　小さい。

　　台灣很小。

★日本語は　難しくない。

　　日文不難。

★去年の夏は　とても　暑かった。
去年的夏天很熱。

★その料理は　おいしくなかった。
那道菜不好吃。

助詞

名詞

イ形容詞

ナ形容詞

疑問詞

副詞

指示詞

接續詞

動詞

複合詞

接辭

敬語

*03 イ形容詞＋名詞

イ形容詞修飾名詞的表現。

★ <u>冷たい風</u>が　窓から　入ってきます。

冷風從窗口吹進來。

★ それは　<u>いい辞書</u>ですか。

那是本好字典嗎？

★ <u>冷たいビール</u>は　おいしいです。

冰涼的啤酒很好喝。

*04 イ形容詞去い＋さ

イ形容詞名詞化的表現。以「イ形容詞的語幹＋さ」，表示「程度」。

★ 高い → 高さ

高的 → 高度

多くの人は 台北１０１ビルの高さに 驚きました。

很多人對台北一〇一大樓的高度感到驚訝。

★ 難しい → 難しさ

困難的 → 難度

日本語の難しさに 困っています。

對日語的困難度感到困擾。

助詞

名詞

イ形容詞

ナ形容詞

疑問詞

副詞

指示詞

接續詞

動詞

複合詞

接辭

敬語

*05 イ形容詞去い＋くて＋形容詞

イ形容詞接續形容詞的表現。具有雙重修飾的功能。

★この部屋は 広くて、明るいです。

這個房間既寬廣又明亮。

★張さんは 背が 高くて、ハンサムです。

張先生又高又帥。

★彼の車は 性能が よくて、新しくて、きれいです。

他的車性能又好、又新、又漂亮。

*06 イ形容詞去い＋く＋動詞

　　當イ形容詞「去い＋く」後，詞性便轉為副詞，具有修飾動詞及形容詞的功能。此句型即是利用副詞修飾動詞的表現。

★もう　遅い<ruby>遅<rt>おそ</rt></ruby>ですから、早<ruby>早<rt>はや</rt></ruby>く　寝<ruby>寝<rt>ね</rt></ruby>なさい。

　　已經很晚了，快睡吧！

★いっしょに　楽<ruby>楽<rt>たの</rt></ruby>しく　歌<ruby>歌<rt>うた</rt></ruby>いましょう。

　　一起歡唱吧！

助詞

名詞

イ形容詞

ナ形容詞

疑問詞

副詞

指示詞

接續詞

動詞

複合詞

接辭

敬語

*07 イ形容詞去い＋く＋します

　　與前述6相同，此句型也是利用副詞修飾動詞的表現。使「～狀態」或「～結果」改變的語法。中文解釋為「使～變成～」。

★スカートを　短く　しました。

　把裙子改短了。

★テレビの音を　大きく　してください。

　請將電視的音量放大些。

★クーラーを　もっと　強く　してください。

　請將冷氣轉強些。

*08 イ形容詞去い＋く＋なります

助詞

名詞

イ形容詞

ナ形容詞

疑問詞

副詞

指示詞

接續詞

動詞

複合詞

接辭

敬語

「狀態」、「結果」的變化表現。此句型也是利用副詞修飾動詞的表現。中文解釋為「變成～」。過去式用「なりました」。

★部屋が　汚く　なりました。

房間變髒了。

★もう　１１月ですから、涼しく　なりました。

已經十一月了，所以變涼快了。

★日本語は　ますます　難しく　なりました。

日文變得越來越難了。

*09 イ形容詞「普通形」＋でしょう

　　「推測」表現。形容詞是對已知事物現象的敘述表現，對於未知的事物狀態只能以推測的語法陳述。以「イ形容詞普通形＋でしょう」可表達推測的語法，中文解釋為「大概～吧！」

★日本の物価は　高いでしょう。

日本的物價很貴吧！

★インド料理は　辛いでしょう。

印度料理很辣吧！

★連休ですから、遊園地は　人が　多いでしょう。

因為連假，所以遊樂園人很多吧！

*10 イ形容詞「普通形」＋だろう

　　「推測」表現。前述「イ形容詞普通形＋でしょう」的推測表現，轉換為口語形式，即是此「イ形容詞普通形＋だろう」的句型。「だろう」是「でしょう」的普通形，二者的功能相同，中文仍解釋為「大概～吧！」

★日本の物価は　高いだろう。

日本的物價很貴吧！

★インド料理は　辛いだろう。

印度料理很辣吧！

★連休だから、遊園地は　人が　多いだろう。

因為連假，所以遊樂園人很多吧！

助詞

名詞

イ形容詞

ナ形容詞

疑問詞

副詞

指示詞

接續詞

動詞

複合詞

撬辭

敬語

*11 イ形容詞「普通形」＋ようです

「推測」表現。與前述9、10一樣，都是用來表達推量的語法。這是一種說話者根據自己感受到或捕捉到的印象，對事物現象進行推論、判斷的語法，中文解釋為「好像～」、「似乎～」。

★あの人は　いつも　忙しいようです。

那個人好像總是很忙！

★その店の　ラーメンは　おいしいようですね。

那家店的拉麵似乎很好吃呢！

*12 イ形容詞去い＋そうです

助詞

名詞

イ形容詞

ナ形容詞

疑問詞

副詞

指示詞

接續詞

動詞

複合詞

接辭

敬語

「様態」表現。這是說話者經由眼睛確認看到的事物現象，然後做出判斷，認為該事物好像是～，所以中文解釋為「看起來好像是～」。

此外，依表現上的需要，還可將「そう」提到句子中間，當成ナ形容詞使用，用來修飾後句的動詞、名詞、形容詞等。但必須注意以下二個語彙的變化：

いい　→　よさそう

ない　→　なさそう

★あの荷物は　重そうですね。
にもつ　おも

那個行李看起來好像很重的樣子呢。

★陳さんの彼氏は　よさそうな人ですね。
ちん　かれし　ひと

陳小姐的男朋友看起來是很好的人呢。

★このデジカメは　よさそうですね。おいくらですか。

這個數位相機看起來很不錯呢！多少錢呀？

★小林先生のかばんは　高そうですね。
こばやしせんせい　たか

小林老師的皮包看起來很貴的樣子呢。

*13 イ形容詞「普通形」＋そうです

　「傳聞」表現。這是說話者非經由眼睛確認，而是將間接從他人處所聽到的訊息，傳達給第三者知道的語法，中文解釋為「聽說～」、「據說～」。

★その店の商品は　高いそうです。

聽說那家店的東西很貴。

★「カンフー・パンダ」という　映画は
おもしろいそうです。

聽說「功夫熊貓」那部電影很有趣。

*14 イ形容詞去い＋かったら

　　「條件」表現，也就是「假設」句型。以「Ａたら B」的形式出現，利用「イ形容詞た形＋ら」的語法，表達當Ａ條件成立時則會帶來Ｂ的現象、狀態、結果等。中文解釋為「如果～（Ａ）的話，則～（Ｂ）」。

★頭が　痛かったら、学校を　休んでも　いいですよ。

頭痛的話，也可以跟學校請假哦！

★暑かったら、クーラーを　つけても　いいですよ。

如果熱的話，也可以開冷氣哦！

助詞
名詞
イ形容詞
ナ形容詞
疑問詞
副詞
指示詞
接續詞
動詞
複合詞
接辭
敬語

*15 イ形容詞去い＋ければ

　　與14同屬「條件」表現，也是「假設」句型。以「Ａければ Ｂ」的形式出現，利用「イ形容詞語幹＋ければ」的語法，表達當Ａ條件成立時，就一定會帶來Ｂ的狀態、結果等。中文解釋為「如果～（Ａ）的話，就～（Ｂ）」。

★<u>忙しければ、手伝っても　いいですよ。</u>

　如果忙的話，可以幫忙哦！

★<u>おいしければ、たくさん　買います。</u>

　如果好吃的話，就買很多。

助詞

名詞

イ形容詞

ナ形容詞

疑問詞

副詞

指示詞

接續詞

動詞

複合詞

接辭

敬語

*16 イ形容詞去い＋くても

　　　前述14、15「條件」句的逆態表現，為逆接條件句型。以「A
くても B」的形式出現，利用「イ形容詞て形＋も」的語法，表達即
使A條件成立也不會帶來B的現象、狀態、結果等。中文解釋為「即
使～（A），也～（B）」。

★ <ruby>暑<rt>あつ</rt></ruby>くても、 クーラーを　つけません。

即使很熱，也不開冷氣。

★ <ruby>日本語能力試験<rt>に ほん ご のうりょく し けん</rt></ruby>は　<ruby>難<rt>むずか</rt></ruby>しくても、
<ruby>受<rt>う</rt></ruby>けなければ　なりません。

日本語能力測驗即使很難，也一定要考。

　　　另外，此句型若是以「疑問詞（A）くても、（B）」的形式出
現，則用來表示不論在何種條件下，B的結果、現象、狀態，都一定
能成立，中文解釋為「不論～，都～」。通常出現在此句型的疑問詞
有「いくら」、「どんなに」、「どこ」、「<ruby>誰<rt>だれ</rt></ruby>」、「いつ」、「<ruby>何<rt>なに</rt></ruby>」……
等。

★ どんなに　<ruby>忙<rt>いそが</rt></ruby>しくても、<ruby>残業<rt>ざんぎょう</rt></ruby>しません。

不管多忙都不加班。

★ <ruby>欲<rt>ほ</rt></ruby>しかったら、いくら　<ruby>高<rt>たか</rt></ruby>くても、<ruby>買<rt>か</rt></ruby>いますか。

如果想要的話，不論多貴都買嗎？

*17 イ形容詞去い＋がる

「感情」表現。是一種說話者以自己的眼光看他人表現在外的內心活動，舉凡心情、意願、期望……等都包含在內。以「イ形容詞去い＋がる」的句型出現，中文解釋為「想～、覺得～」。此外，若要表達現在的狀態，則以「～がっている」的狀態句出現。

★妹<ruby>妹<rt>いもうと</rt></ruby>は ルイ・ヴィトンのかばんを <ruby>欲<rt>ほ</rt></ruby>しがっています。

妹妹想要LV的皮包。

★ペットが <ruby>亡<rt>な</rt></ruby>くなってから、<ruby>弟<rt>おとうと</rt></ruby>は ずっと
<ruby>悲<rt>かな</rt></ruby>しがっています。

寵物過世後，弟弟就一直都很傷心。

ナ形容詞

　　語尾非「い」的形容詞多屬「ナ形容詞」。「ナ
形容詞」時態變化與名詞大致相同。「きれい」、
「きらい」二個形容詞，雖然語尾是「い」，但是卻
歸類為「ナ形容詞」，請一定要特別小心喔！

*01 禮貌形時態

　　禮貌形是對他人表達語言上的教養或敬意的語法。「ナ形容詞」與「名詞」相同，只要在「語幹」之下加「です」即可。

　　「禮貌形」時態整理如下：

現在肯定	現在否定
～です	～ではありません ～じゃありません
有名です ゆうめい 有名的	有名ではありません ゆうめい 有名じゃありません ゆうめい 不有名的
静かです しず 安靜的	静かではありません しず 静かじゃありません しず 不安靜的
きれいです 乾淨、漂亮的	きれいではありません きれいじゃありません 不乾淨、不漂亮的

過去肯定	過去否定
〜でした	〜ではありませんでした 〜じゃありませんでした
有名^{ゆうめい}でした （之前是）有名的	有名^{ゆうめい}ではありませんでした 有名^{ゆうめい}じゃありませんでした （之前是）不有名的
静^{しず}かでした （之前是）安靜的	静^{しず}かではありませんでした 静^{しず}かじゃありませんでした （之前是）不安靜的
きれいでした （之前是）乾淨、漂亮的	きれいではありませんでした きれいじゃありませんでした （之前是）不乾淨、不漂亮的

★図書館^{としょかん}は　静^{しず}かです。

圖書館很安靜。

★日本語能力試験^{にほんごのうりょくしけん}は　簡単^{かんたん}ではありません。

日本語能力測驗不簡單。

★先週^{せんしゅう}の日曜日^{にちようび}は　暇^{ひま}でした。

上個星期天很閒。

★その会社^{かいしゃ}は　昔^{むかし}、あまり　有名^{ゆうめい}ではありませんでした。

那家公司以前不太有名。

助詞 名詞 イ形容詞 ナ形容詞 疑問詞 副詞 指示詞 接續詞 動詞 複合詞 接辭 敬語

111

*02 普通形時態

「普通形」是日常的語法表現。對熟悉的、親密的對象，或在私領域的人際關係應對中使用的語法表現。

「普通形」時態整理如下：

現在肯定	現在否定
～だ	～ではない ～じゃない
<ruby>有名<rt>ゆうめい</rt></ruby>だ 有名的	<ruby>有名<rt>ゆうめい</rt></ruby>ではない <ruby>有名<rt>ゆうめい</rt></ruby>じゃない 不有名的
<ruby>静<rt>しず</rt></ruby>かだ 安靜的	<ruby>静<rt>しず</rt></ruby>かではない <ruby>静<rt>しず</rt></ruby>かじゃない 不安靜的
きれいだ 乾淨、漂亮的	きれいではない きれいじゃない 不乾淨、不漂亮的

過去肯定	過去否定
〜だった	〜ではなかった 〜じゃなかった
有名_{ゆうめい}だった （之前是）有名的	有名_{ゆうめい}ではなかった 有名_{ゆうめい}じゃなかった （之前是）不有名的
静_{しず}かだった （之前是）安靜的	静_{しず}かではなかった 静_{しず}かじゃなかった （之前是）不安靜的
きれいだった （之前是）乾淨、漂亮的	きれいではなかった きれいじゃなかった （之前是）不乾淨、不漂亮的

★図書館_{としょかん}は　静_{しず}かだ。

　圖書館很安靜。

★日本語能力試験_{にほんごのうりょくしけん}は　簡単_{かんたん}ではない。

　日本語能力測驗不簡單。

★先週_{せんしゅう}の日曜日_{にちようび}は　暇_{ひま}だった。

　上個星期天很閒。

★その会社_{かいしゃ}は　昔_{むかし}、あまり　有名_{ゆうめい}ではなかった。

　以前那家公司不太有名。

助詞
名詞
イ形容詞
ナ形容詞
疑問詞
副詞
指示詞
接續詞
動詞
複合詞
接辭
敬語

113

*03 ナ形容詞＋な＋名詞

ナ形容詞修飾名詞的表現。

★_{せんせい}先生は <u>親切な人</u>です。

老師是個親切的人。

★_{たいわんだいがく}台湾大学は とても <u>有名な学校</u>です。

台灣大學是非常有名的學校。

★_{タイペイ}台北は とても <u>便利な町</u>です。

台北是個很方便的城市。

★<u>すてきなスカート</u>ですね。どこで 買いましたか。

很好看的裙子耶！在哪裡買的呢？

114

*04 ナ形容詞語幹＋さ

　　ナ形容詞名詞化的表現。以「ナ形容詞的語幹＋さ」表示「程度」，中文解釋為「～的程度」。

★便利（べんり） → 便利（べんり）さ

日本（に ほん）へ　行（い）ったとき、東京（とうきょう）の交通（こうつう）の便利（べん り）さに　驚（おどろ）きました。

去日本的時候，對東京交通的方便性感到吃驚。

★にぎやか → にぎやかさ

台北（タイペイ）のにぎやかさは　東京（とうきょう）と　同（おな）じぐらいですか。

台北熱鬧的程度和東京差不多嗎？

助詞

名詞

イ形容詞

ナ形容詞

疑問詞

副詞

指示詞

接續詞

動詞

複合詞

撠辭

敬語

*05 ナ形容詞＋で＋形容詞

ナ形容詞後面接續形容詞的表現。

★台湾の玉山は　きれいで、高いです。

台灣的玉山很漂亮而且很高。

★日本の富士山は　有名で、きれいで、高いです。

日本的富士山很有名、很漂亮、而且很高。

★台北は　にぎやかで、便利で、きれいな町です。

台北是個熱鬧又方便、又漂亮的城市。

*06 ナ形容詞＋に＋動詞

ナ形容詞修飾動詞的表現。

★日本語の歌を　上手に　歌う人は　誰ですか。

日文歌唱得很棒的人是誰呀？

★わたしは　日本語の歌を　上手に　歌います。

我日文歌唱得很棒。

★お客さんが　来ますから、部屋を
きれいに　掃除してください。

有客人要來，所以請將房間打掃乾淨。

助詞

名詞

イ形容詞

ナ形容詞

疑問詞

副詞

指示詞

接續詞

動詞

複合詞

接辭

敬語

*07 ナ形容詞＋に＋なります

ナ形容詞修飾動詞的表現。狀態、結果的變化表現。

★部屋を　掃除したので、<u>きれいに　なりました。</u>

房間打掃過了，所以變得很乾淨。

★この頃　林さんは　<u>きれいに　なりました。</u>

最近林小姐變漂亮了。

★最近　その会社は　<u>有名に　なりました。</u>

最近那家公司變得很有名。

*08 ナ形容詞「普通形」＋でしょう

推測表現。中文解釋為「大概～吧！」。

（注意：現在肯定時態「だ」接續「でしょう」時，會有脫落的現象。）

★新しい先生は　ハンサムでしょう。

新老師很帥吧！

★日曜日の図書館は　静かでしょう。

星期天的圖書館很安靜吧！

*09 ナ形容詞「普通形」＋だろう

　　　推測表現。前述8「でしょう」的普通形即是此句型中的「だろう」，二組句型的功能相同，都是作推測之用，中文都解釋為「大概～吧！」。

　　　此外要注意，現在肯定時態「だ」接續「だろう」時，會有脫落的現象。

★ <ruby>新<rt>あたら</rt></ruby>しい<ruby>先生<rt>せんせい</rt></ruby>は　ハンサムだろう。

　　新老師很帥吧！

★ <ruby>日曜日<rt>にちよう び</rt></ruby>の<ruby>図書館<rt>と しょかん</rt></ruby>は　<ruby>静<rt>しず</rt></ruby>かだろう。

　　星期天的圖書館很安靜吧！

*10 ナ形容詞語幹＋な＋ようです

　　「推測」表現。與前述8、9相同都是用來表達推量的語法。是說話者根據自己感受到或捕捉到的印象，對事物現象進行推論、判斷的語法。中文解釋為「好像～」、「似乎～」。

★彼女は　甘いものが　好きなようですね。

她好像很喜歡吃甜食呢！

★いくら　やっても　だめなようですね。どうしたらいいですか。

不論怎麼做好像都不行耶！怎麼辦比較好呢？

助詞
名詞
イ形容詞
ナ形容詞
疑問詞
副詞
指示詞
接續詞
動詞
複合詞
接辭
敬語

*11 ナ形容詞「普通形」＋そうです

「傳聞」表現。這是說話者非經由眼睛確認，而是將間接從他人處所聽到的訊息，傳達給第三者知道的語法，中文解釋為「聽說〜」、「據說〜」。

★王さんは　日本語が　上手だそうです。

聽說王先生日文很好。

★昨日　デパートは　とても　にぎやかだったそうです。

聽說昨天百貨公司非常熱鬧。

*12 ナ形容詞語幹＋そうです

助詞
名詞
イ形容詞
ナ形容詞
疑問詞
副詞
指示詞
接續詞
動詞
複合詞
接辭
敬語

「樣態」表現。這是說話者經由眼睛確認看到的事物現象，然後做出判斷，認為該事物好像是～，所以中文解釋為「看起來好像是～」。

此外，依表現上的需要，還可將「そう」提到句子中間，以「そうな」或「そうに」的形式出現，用來修飾後句的動詞、名詞、形容詞等。

★電子辞書は　便利そうですね。

電子字典好像很方便。

★元気そうですね。もう　かぜは　治ったんですか。

看起來精神不錯哦！感冒已經好了嗎？

*13 ナ形容詞た形／名詞た形＋ら

「條件」表現，也就是「假設」句型。以「Ａたら Ｂ」的形式出現，利用「ナ形容詞た形／名詞た形＋ら」的語法，表達當Ａ條件成立時則會帶來Ｂ的現象、狀態、結果等。中文解釋為「如果～（Ａ）則～（Ｂ）」。

★部屋が　<ruby>静<rt>しず</rt></ruby>かだったら、よく　<ruby>寝<rt>ね</rt></ruby>られます。
　房間如果安靜的話，就能睡得好。

★<ruby>交通<rt>こうつう</rt></ruby>が　<ruby>便利<rt>べんり</rt></ruby>だったら、この<ruby>近<rt>ちか</rt></ruby>くに　<ruby>家<rt>いえ</rt></ruby>を　<ruby>買<rt>か</rt></ruby>いたいです。
　如果交通方便的話，想在這附近買房子。

★<ruby>日曜日<rt>にちようび</rt></ruby>だったら、<ruby>学校<rt>がっこう</rt></ruby>へ　<ruby>行<rt>い</rt></ruby>かなくても　いいです。
　如果是星期天的話，不去學校也可以。

*14 ナ形容詞語幹 / 名詞語幹＋なら

助詞

名詞

イ形容詞

ナ形容詞

疑問詞

副詞

指示詞

接續詞

動詞

複合詞

接辭

敬語

「條件」表現。以「Ａなら Ｂ」的形式出現，利用此句型，表達當提到Ａ條件（主題、對事物的狀態、意見、判斷、立場、假設）時，則會帶來Ｂ的現象、狀態、建議、結果等。

此外，由於是承接他人發言的內容所做的建議、或命令、或要求的敘述，所以Ｂ的句子不會以過去式的形式出現。中文解釋為「如果～（Ａ）則～（Ｂ）」。

★好きなら、買いますか。

如果喜歡的話，你會買嗎?

★そんなに 便利なら、わたしも 買いたいです。

那麼方便的話，我也想買。

★嫌いなら、食べなくても いいです。

不喜歡的話，不吃也沒關係。

*15 ナ形容詞語幹／名詞語幹＋でも

前述13、14「條件」句的逆態表現，是逆接條件句型。以「Aでも B」的形式出現，利用「ナ形容詞語幹／名詞語幹＋でも」的語法，表達即使A條件成立，也不會帶來B的現象、狀態、結果等。中文解釋為「即使～（A）也～（B）」。

★交通が　便利でも、お金が　なければ　買えません。

即使交通很方便，如果沒錢的話，也沒能力買。

★日曜日でも、学校へ　行かなければ　なりません。

即使是星期天，也必須去學校。

第五單元

疑問詞

日文的語法，對於不同的詢問內容，各有其選用的疑問詞。以下是最常用且重要的疑問詞。

*01 誰、どなた

人稱疑問代名詞。詢問「人」的疑問詞。

★すみません、あなたは　どなたですか。

不好意思，請問您是哪一位？

★教室に　誰が　いますか。

有誰在教室裡嗎？

*02 何（何）、どれ、どの～

　　事、物疑問代名詞。詢問「物」的疑問詞，中文解釋為「～什麼」、「～哪一個」。「物」的指定代名詞有「これ、それ、あれ」及「この～、その～、あの～」二組詞；詢問「事」的疑問時，「何」的發音則轉變為「なに」，中文仍解釋為「什麼」。

★A「それは　何ですか」
　B「これは　わたしの手帳です」

　A「那是什麼？」
　B「這是我的記事本。」

★A「あなたの手帳は　どれですか」
　B「それです」

　A「你的記事本是哪一本？」
　B「是那一本。」

★A「どの手帳が　あなたのですか」
　B「その黒いのです」

　A「哪一本記事本是你的呢？」

　B「那本黑色的。」

*03 何月、何日、何曜日、いつ、
　　何時、何分

　　時間疑問代名詞。中文解釋為「幾月」、「幾日」、「星期幾」、
「什麼時候」、「幾點」、「幾分」。

★A「今日は　何月何日何曜日ですか」
　B「5月2日火曜日です」

　A「今天是幾月幾日星期幾？」

　B「五月二日星期二。」

★A「いつ　日本へ　行きますか」
　B「来月です」

　A「什麼時候要去日本呢？」

　B「下個月。」

★A「映画は　何時からですか」
　B「2時からです」

　A「電影幾點開始呢？」

　B「二點開始。」

助詞
名詞
イ形容詞
ナ形容詞
疑問詞
副詞
指示詞
接續詞
動詞
複合詞
接辭
敬語

129

*04 どのくらい、どのぐらい、どれぐらい

時間總量疑問代名詞。中文解釋為「～多少」、「～多久」之意。

★A「毎日　どのぐらい　勉強しますか」
　B「3時間ぐらいです」

A「每天大概唸書多久呢？」

B「三小時左右。」

★A「毎日　どれぐらい　働きますか」
　B「10時間ぐらい　働きます」

A「每天大概工作多久呢？」

B「工作十個小時左右。」

*05 どこ、どちら

場所、方位疑問代名詞。詢問地點或方位的疑問詞。「ここ、そこ、あそこ」「こちら、そちら、あちら」是相關的二組指定代名詞。

★A「お家は　どこですか」
　B「台北です」

A「你家住在哪裡呢？」

B「在台北。」

★Ａ「すみません、トイレは　どちらですか」

　Ｂ「あちらです」

　Ａ「不好意思，請問廁所在哪裡呢？」

　Ｂ「在那裡。」

★Ａ「会社は　どちらですか」

　Ｂ「横山貿易会社です」

　Ａ「請問是哪一家公司呢？」

　Ｂ「横山貿易公司。」

　　此處的疑問代名詞「どちら」用來詢問名稱，是日本人生活中的慣用表現。同類用法：「学校 / お国は　どちらですか」（請問是哪個學校 / 國家呢？）

*06 何歳、いくつ（おいくつ）

　　年齡疑問代名詞。使用「いくつ」較「何歳」客氣。

★Ａ「あなたのお父さんは　今年　おいくつですか」

　Ｂ「来月　７０歳になります」

　Ａ「令尊今年貴庚？」

　Ｂ「下個月就七十歲了。」

★Ａ「お子さんは　何歳ですか」

　Ｂ「４歳です」

　Ａ「您小孩幾歲了？」

　Ｂ「四歲。」

助詞
名詞
イ形容詞
ナ形容詞
疑問詞
副詞
指示詞
接續詞
動詞
複合詞
接辭
敬語

*07 いくつ

數量疑問代名詞。中文解釋為「～幾個」。

★A「みかんを　いくつ　買いましたか」
　B「8つ　買いました」
　A「買了幾個橘子呢？」
　B「買了八個。」

*08 いくら（おいくら）

金額、價格疑問代名詞。中文解釋為「～多少錢」。

★A「その黒いかばんは　いくらですか」
　B「1 9 8 0元です」
　A「那個黑色的皮包多少錢？」
　B「一千九百八十元。」

*09 どう、いかが

　　　看法、態度疑問代名詞。詢問他人對某事物的看法或態度。使用「いかが」較「どう」客氣。中文解釋為「～覺得怎麼樣」、「～如何」。

★A「昨日の試験は　どうでしたか」
　B「難しかったです」

　A「昨天的考試如何呢？」
　B「很難！」

★A「お茶は　いかがですか」
　B「じゃ、おねがいします」

　A「要不要喝杯茶？」
　B「那麼就麻煩你了！」

*10 どんな～

　　　評價疑問代名詞。「どんな＋名詞」用來詢問他人對某（名詞）事物的評價。中文解釋為「～怎麼樣的（名詞）」。

★A「台北は　どんな　町ですか」
　B「にぎやかで、きれいな町です」

　A「台北是個怎麼樣的城市呢？」
　B「既熱鬧又很漂亮的城市。」

助詞
名詞
イ形容詞
ナ形容詞
疑問詞
副詞
指示詞
接續詞
動詞
複合詞
接辭
敬語

*11 どうして、なぜ

原因、理由疑問代名詞。詢問事件原委的疑問詞，中文解釋為
「為何～」。

★A「どうして　日本語を　習いますか」
　B「日本へ　留学したいですから」

A「為何學日文呢？」

B「因為想去日本留學。」

★A「なぜ　昨日　学校へ　来ませんでしたか」
　B「かぜを　引きましたから」

A「昨天為什麼沒來學校呢？」

B「因為感冒了。」

*12 どちら

「二者擇一」疑問代名詞。在二者之間做出抉擇的表現形式。通
常以「ＡとＢと　どちらが（形容詞）ですか」的句型出現，中文解
釋為「～哪一個比較～」。

★A「魚と肉と　どちらが　好きですか」
　B「魚のほうが　好きです」

A「魚和肉，喜歡哪一個？」

B「比較喜歡吃魚。」

*13 どれ、なに

　　「三者擇一」疑問代名詞。在三者或是三者以上的範圍，要做出
抉擇時所使用的句型。通常以「ＡとＢとＣと　どれ/何が一番（形
容詞）ですか」的句型出現。中文解釋為「～最～」。

★A「日本語と英語と台湾語と　どれが　一番　上手ですか」
　B「日本語が　一番　上手です」

　A「日文、英文、台語，最擅長哪種語言呢？」

　B「最擅長日文。」

★A「果物で　何が　一番　好きですか」
　B「ぶどうです」

　A「水果中，最喜歡什麼？」

　B「葡萄。」

助詞

名詞

イ形容詞

ナ形容詞

疑問詞

副詞

指示詞

接續詞

動詞

複合詞

接辭

敬語

MEMO

第六單元

副詞

　　日文中的副詞，大都用來強調或修飾動詞及形容詞。通常每個副詞都具有多重的解釋及功能，在使用上，大致可區分為以下幾個重要的群組。

*01 變化結果表現

❶ もう＋過去形
　　もう＋否定形

　　事態、狀態的完成表現。中文解釋為「已經～」。

★<u>もう</u>　お金^{かね}が　ありません。

已經沒錢了。

★<u>もう</u>　時間^{じかん}が　ありません。

已經沒時間了。

★先生^{せんせい}は、<u>もう</u>　帰^{かえ}りました。

老師已經回家了。

❷ まだ＋肯定形
　　まだ＋否定形

　　事態、狀態的未完成表現。中文解釋為「還沒～」、「尚未～」。

★<u>まだ</u>　よく　分^わかりません。

還不太懂。

★<u>まだ</u>　時間^{じかん}が　ありますから、ゆっくりしてください。

因為還有一些時間，所以請慢慢來。

★<u>まだ</u>　少^{すこ}し　残^{のこ}っていますから、食^たべますか。

還剩下一些，要吃嗎？

*02 程度表現（深度）

　　是一組客觀評量下的知識、技術能力程度表現。通常與「分かります」、「できます」接續使用。

　　常用「程度表現」副詞整理如下：

副詞語彙	中文解釋	程度相對比	接續表現
よく	大部分	90~95%	肯定表現
だいたい	大致上	70~85%	肯定表現
すこし	一點點	10~30%	肯定表現
あまり	幾乎不	10~30%	否定表現
ぜんぜん	完全不	0%	否定表現

★彼の気持ちが　よく　分かります。

非常了解他的心情。

★日本語が　だいたい　分かります。

大致懂得日文。

★コンピューターが　少し　できます。

會一些電腦。

★スポーツは　あまり　できません。

不太會運動。

★料理は　ぜんぜん　できません。

完全不會做料理。

139

*03 程度表現（廣度）

通常用來修飾物品的數量，或是動作的份量。

常用副詞整理如下：

副詞語彙	中文解釋	接續表現
たくさん	很多	肯定表現
少し	一些	肯定表現
あまり	不多	否定表現
ぜんぜん	完全沒有	否定表現

★図書館に 本が たくさん あります。

圖書館有很多書。

★わたしは お金が 少し あります。

我有一些錢。

★おなかが 痛いですから、あまり 食べません。

因為肚子痛，所以吃得不多。

★昨日は ぜんぜん 勉強しませんでした。

昨天完全沒唸書。

*04 頻率次數表現

一組用來修飾動作頻率多寡的表現。

常用「頻率次數表現」副詞整理如下：

副詞語彙	中文解釋	接續表現
いつも	經常～、總是～	肯定表現
ときどき	有時候～、偶爾～	肯定表現
あまり	不常～	否定表現
ぜんぜん	完全不～	否定表現

★わたしは　いつも　学校の食堂で　昼ご飯を　食べます。

我經常在學校的餐廳吃午餐。

★お母さんは　ときどき　カレーライスを　作ります。

媽媽有時會做咖哩飯。

★姉は　あまり　家の仕事を　手伝いません。

姐姐不太幫忙家裡的工作。

★彼女は　ぜんぜん　勉強しません。

她完全不唸書。

助詞
名詞
イ形容詞
ナ形容詞
疑問詞
副詞
指示詞
接續詞
動詞
複合詞
接辭
敬語

*05 強調表現

用來強調說話者的情緒表現。

常用「強調表現」副詞整理如下：

副詞語彙	中文解釋	接續表現
とても	很～、非常～	肯定表現
たいへん	很～、非常～	肯定表現
あまり	不～	否定表現

★母の料理は <u>とても</u> おいしいです。

我媽做的菜非常好吃。

★去年の夏は <u>たいへん</u> 暑かったです。

去年的夏天很熱。

★わたしは 肉が <u>あまり</u> 好きではありません。

我不太喜歡吃肉。

*06 動作相關表現

動作的繼起表現。

常用「動作相關表現」副詞整理如下：

副詞語彙	中文解釋	接續表現
そろそろ	差不多該〜	動詞肯定表現
<ruby>初<rt>はじ</rt></ruby>めて	第一次〜、初次〜	動詞肯定表現
<ruby>早<rt>はや</rt></ruby>く	快一點〜、早一點〜	動詞肯定表現

★**そろそろ** <ruby>帰<rt>かえ</rt></ruby>りましょうか。

差不多該回家了吧？

★<ruby>昨日<rt>きのう</rt></ruby> <u><ruby>初<rt>はじ</rt></ruby>めて</u> <ruby>日本<rt>にほん</rt></ruby>の<ruby>歌舞伎<rt>かぶき</rt></ruby>を <ruby>見<rt>み</rt></ruby>ました。

昨天第一次看了日本的歌舞伎。

★<ruby>今日<rt>きょう</rt></ruby>は <ruby>用事<rt>ようじ</rt></ruby>がありますから、<u><ruby>早<rt>はや</rt></ruby>く</u> <ruby>起<rt>お</rt></ruby>きました。

今天因為有事，所以早點起床了。

助詞
名詞
イ形容詞
ナ形容詞
疑問詞
副詞
指示詞
接續詞
動詞
複合詞
接辭
敬語

*07 感嘆表現

たいへん

　　說話者情緒的抒發、感嘆表現。中文解釋為「真是～」、「太～」。

★A「毎日　遅くまで　勉強しています」

　B「それは　たいへんですね」

　A「每天都唸書到很晚。」

　B「那真是太辛苦了！」

第七單元

指示詞

用來指示、或限定名詞屬性功能的語彙，稱為「指示詞」。此系列的語彙有「こんな」、「そんな」、「あんな」、「どんな」等等，句型則是以「指示詞＋名詞」的形態出現。

以下即是「指示詞」及相關句型的表現。

*01 こんな

こんな＋名詞

中文解釋為「像如此的〜」、「像這樣的〜」。是說話者以自身的事物、或自己身邊的事物為例，向他人說明時使用的語彙。

★ <u>こんな</u>　人は　見たことが　ありません。
　沒見過像這樣的人。

★ <u>こんな</u>　立派な家に　住んでいるのは　どんな人ですか。
　住在像這樣的豪宅的人，是怎麼樣的人呢？

*02 そんな

そんな＋名詞

說話者以他人的事物、或是他人生活週邊的事物為話題內容時，所使用的表現。中文解釋為「像那樣的〜」。

★ わたしは　<u>そんな</u>　ことは　しません。
　我才不會做那樣的事！

★ <u>そんな</u>　大事なことは　忘れませんよ。
　像那樣重要的事情，不會忘記的啦！

*03 あんな

あんな＋名詞

　　以對話雙方所共識的事物為話題內容時，所使用的表現。中文解釋為「像那樣的～」。

★ <u>あんな</u>　サービスが　悪い店には　もう
　行きたくありません。

　像那樣服務品質糟糕的店，我不想再去了。

*04 どんな

どんな＋名詞

　　名詞屬性的疑問詞。中文解釋為「如何的～」、「怎麼樣的～」。

★A「<u>どんな</u>　家が　欲しいですか」
　B「庭つきの　広い家が　欲しいです」

　A「想買怎麼樣的房子呢？」
　B「想要附有庭院、寬廣的房子。」

- -

　　以上「こんな」、「そんな」、「あんな」、「どんな」系列的語彙，若在語尾加上「に」，則轉變為副詞，可用來修飾形容詞或動詞，作為強調之用，介紹如下。

*05 こんなに

こんなに＋動詞 / 形容詞

中文解釋為「這麼樣地～」、「如此般地～」。

★<u>こんなに</u> きれいな景色^{けしき}は 見^みたことが ありません。

從沒見過如此漂亮的景色。

*06 そんなに

そんなに＋動詞 / 形容詞

中文解釋為「那麼樣地～」。

★<u>そんなに</u> 食^たべるな。

不准那麼樣地吃。

*07 あんなに

あんなに＋動詞 / 形容詞

中文解釋為「那麼樣地～」。

★風^{かぜ}が <u>あんなに</u> 強^{つよ}いとは 思^{おも}いませんでした。

沒想到風勢竟然那麼樣地強烈。

*08 どんなに

どんなに＋動詞／形容詞

　　中文解釋為「怎麼樣地～」、「如何地～」。以「どんなに～て
も」的形式出現時，通常後文都跟隨著否定句的表現。

★台湾は　<u>どんなに</u>　暑くても　４０度以上に
なったことは　ありません。

台灣不管如何地熱，也不曾超過四十度。

　　以上「こ」、「そ」、「あ」、「ど」系列的指示詞，如果在表現上需要轉變為副詞，以修飾動詞或形容詞時，則改為「こう」、「そう」、「ああ」、「どう」的發音。

*09 こう

こう＋動詞 / 形容詞

　　說話者以身邊的事物為話題時，所使用的表現。中文解釋為「像如此地～」、「像這樣地～」。

★<u>こう</u>したら、きっと　彼は　怒ると　思いますよ。

　　我想如果這樣做的話，他一定會生氣的！

★<u>こう</u>なったら、頑張るしか　ありません。

　　事到如今，只能努力了。

*10 そう

そう＋動詞 / 形容詞

　　說話者以談話對象身邊的事物為話題時，所使用的表現。中文解釋為「像那樣地～」。

★<u>そう</u>言わないでください。

　　請不要那麼說。

★<u>そう</u>思うなら、勝手に　してください。

　　如果那樣想的話，隨你便。

*11 ああ

ああ＋動詞 / 形容詞

　　以對話雙方所熟知的事物為話題內容時，所使用的表現。中文解釋為「像那樣地〜」。

★ <u>ああ</u>いうことを　したら、人^{ひと}に　言^いわれますよ。

　　如果做那樣的事情的話，會被別人說話的哦！

★ <u>ああ</u>言^いっておいたから、もう　しないでしょう。

　　都已經那樣說了，所以不會再做了吧！

*12 どう

どう＋動詞

　　為此系列副詞的疑問表現，作為詢問之用。中文解釋為「如何地〜」、「怎樣地〜」。

★ <u>どう</u>すれば　いいのか　分^わかりません。

　　不知道該如何做比較好。

★ 彼女^{かのじょ}の意見^{いけん}について　<u>どう</u>思^{おも}いますか。

　　就她的意見，覺得如何呢？

助詞
名詞
イ形容詞
ナ形容詞
疑問詞
副詞
指示詞
接續詞
動詞
複合詞
接辭
敬語

MEMO

第八單元

接續詞

相較於第一單元助詞篇中所介紹，用來連接「語彙及語彙」的助詞，本篇所介紹的接續詞，則是用來連接「句子與句子」的關係。

*01 因果關係接續詞

A（原因）〜から〜 B（結果）

中文解釋為「因為 A，所以 B」。是說話者主觀認知下的因果關係句型。此句型活用度極高，無論禮貌形或普通形均可使用。

★ まだ よく 分かりませんから、もう 一度 説明してください。

因為還不太了解，所以請再說明一次。

*02 動作關係接續詞

A 〜ながら〜 B

利用動詞的「ます形＋ながら〜」，表示二個重疊的動作關係。也就是同時進行二個動作的表現。中文解釋為「一邊做〜、一邊做〜」。

★ わたしは テレビを 見ながら、晩ご飯を 食べます。

我一邊看電視、一邊吃晚餐。

*03 逆態關係接續詞

A ～が～ B

　　當句子前後文的內容或語氣上相違逆時，要以接續助詞「が」來串連前後文的關係。中文解釋為「雖然～，但是～」。

★日本語は　難しいですが、おもしろいです。

　　日文很困難，但是很有趣。

★フランス料理は　おいしいですが、高いです。

　　法國菜好吃，但是很貴。

助詞
名詞
イ形容詞
ナ形容詞
疑問詞
副詞
指示詞
接續詞
動詞
複合詞
接辭
敬語

MEMO

_____

_____

_____

_____

_____

_____

_____

_____

_____

_____

_____

_____

_____

第九單元

動詞

　　日語的語彙中，名詞的數量最多，其次即是動詞。

　　動詞不同於名詞的單純性，通常一個動詞都擁有多重的解釋、變化，以及活用表現，而且每個變化都有其獨立的用法與功能。

　　以下我們將動詞中最常見的變化整理出來，方便讀者學習。

*01 動詞的種類

　　日語的動詞就外型來看，可拆解為「語幹」及「語尾」二部份。「語幹」部份是語彙的主要枝幹，發音永遠不變。動詞所有的變化都在「語尾」部份。依其「語尾」的不同，動詞分為G1：第一類動詞、G2：第二類動詞、G3：第三類動詞。

*02 動詞的分類

　　所有的動詞，語彙的「語尾」均落於「う」段音。如下：

う	く	す	つ	ぬ	ぶ	む	る
ぐ							

❶ G1：第一類動詞

　　G1動詞有二種：

　　一為「語尾」非「る」的所有動詞。

　　一為「語尾」是「る」，但是「る」的上一音為「あ」、「う」、「お」段音的動詞。

（例）

語幹	買_か	書_か	泳_{およ}	話_{はな}	待_ま	死_し	呼_よ	読_よ	な	降_ふ	乗_の
語尾	う	く	ぐ	す	つ	ぬ	ぶ	む	る	る	る

❷ G2：第二類動詞

　　「語尾」是「る」，而接於「る」的上一音為「い」、「え」段音的動詞。

（例）

語幹	見^み	着^き	寝^ね	食べ^た	起き^お	あげ
語尾	る	る	る	る	る	る

❸ G3：第三類動詞（不規則變化）

　　G3動詞只有「する」、「来る」二個語彙。

159

*03 例外語彙

　　有一些語彙從外形判斷時，雖然符合第二類動詞的條件，但實際上卻歸納在第一類動詞的範圍。

（例）

走る	入る	参る	切る	要る
知る	帰る	滑る	限る	照る

*04 動詞「ない形」的變化及活用表現

　　動詞的「ない」是「ません」的普通形，「なかった」則是「ませんでした」的普通形。二者用來表示動作的「現在否定」及「過去否定」。

❶「ない形」的製作方式

類別	製作方式	範例	
G1	語尾う段 → あ段＋ない	書く 待つ	→ 書か＋ない → 待た＋ない
G2	去語尾る＋ない	見る 食べる	→ 見＋ない → 食べ＋ない

G3	する → しない	勉強する → 勉強しない 紹介する → 紹介しない
	くる → こない	来る → 来ない

★今日は 作文を 書かない。

今天不寫作文。

★忙しいから、テレビを 見ない。

因為很忙所以不看電視。

★日曜日は 勉強しない。

星期日不唸書。

❷「ない形」的活用表現

要求表現：**V**的ない形＋ないでください

用來要求他人不要做某事時使用的表現句，中文解釋為「請不要～」。

★病院で タバコを 吸わないでください。

在醫院請不要抽菸。

★ここに 荷物を 置かないでください。

請不要將行李放置在此。

★図書館で 大きい声で 話さないでください。

在圖書館請不要大聲說話。

狀態下動作進行表現：Ｖ的ない形＋ず（に）

「ず」＝「ない」，是否定表現的書寫形式，中文解釋為「不～」。以「ＡずにＢ」句型出現的此活用，是用來敘述在Ａ狀態之下，進行Ｂ動作的表現句。

★食(た)べる　→　食(た)べ＋ず

何(なに)も　食(た)べずに　ずっと　勉強(べんきょう)しています。

什麼都沒吃，一直在唸書。

★乗(の)る　→　乗(の)ら＋ず

バスに　乗(の)らずに　歩(ある)きます。

不搭巴士，用走的。

★する　→　せず

> 第三類動詞的例外，請務必特別記住！

妻(つま)は　洗(せん)たくせずに　出(で)かけました。

妻子沒洗衣服就出門了。

弟(おとうと)は　勉強(べんきょう)せずに　遊(あそ)んでばかり　います。

弟弟不唸書總是在玩。

義務表現：Ｖ的ない形＋なければ　なりません

義務即是必須、非做不可、不得推卻的事情。「なりません」是禮貌形的表現，在口語中以普通形「ならない」的形式出現。這是說話者在規則、法律、社會共識……等條件下，所做出的客觀判斷表現語法，中文解釋為「必須～」、「應該～」。

★病気ですから、薬を　飲まなければ　なりません。

因為生病了，必須吃藥。

★手紙を　出すとき　切手を　貼らなければ　なりません。

寄信時必須貼郵票。

義務表現：V的ない形＋なくては　いけません

　　　與前述句型同屬義務表現。在口語中以普通形「いけない」的形式出現，「いけません」則是禮貌形的表現。這是說話者依自己的意見、想法……等，對單一的事件所做出的主觀判斷表現語法，中文解釋為「必須～」、「非～不可」。

★病気のとき　薬を　飲まなくては　いけませんよ。

生病的時候必須吃藥哦。

★就職のために　英語と日本語を
勉強しなくては　いけません。

為了就業，必須唸英文和日文。

非義務表現：V的ない形＋なくても　いいです

　　　非義務則是指非必要、不做也可以的事，中文解釋為「不做～也可以」。在口語表現中，以普通形「いい」的形式出現。

★明日は　アルバイトを　しなくても　いいです。

明天不打工也可以。

★土曜日と日曜日は　学校へ　行かなくても　いいです。

星期六和星期日不用去學校。

助詞

名詞

イ形容詞

ナ形容詞

疑問詞

副詞

指示詞

接續詞

動詞

複合詞

接辭

敬語

★治りましたから、もう　薬は　飲まなくても　いいですよ。
已經痊癒了，不吃藥也可以哦！

非義務表現：V的ない形＋なくても　かまいません

　　與前述句型同屬非義務表現。指非必要、不做也可以的事，中文解釋為「不做～也可以」。在口語表現中，以普通形「かまわない」的形式出現。

★嫌いなら、食べなくても　かまいません。
如果討厭的話，不吃也沒關係。

★その本は　明日　返さなくても　かまいません。
那本書明天不還也沒關係。

勸告表現：V的ない形＋ないほうが　いいです

　　用來勸戒、告訴他人，不要做某事比較好。中文解釋為「不要～比較好」。在口語表現中，則以普通形「いい」的形式出現。

★運転するなら、お酒は　飲まないほうが　いいですよ。
如果要開車的話，不要喝酒比較好哦！

★タバコは　体に　悪いですから、
吸わないほうが　いいですよ。
因為香菸對身體不好，不要抽比較好哦！

★このことは　人に　言わないほうが　いいでしょう。
這件事不要對別人說比較好吧！

状態下動作進行表現：Ｖ的ない形＋ないで＋動作句

　　　以「Ａ ないで Ｂ」句型出現的此活用，是用來敘述在Ａ狀態之下，進行Ｂ動作的表現句。

★ 明日は　試験ですから、今晩は　寝ないで　勉強します。

明天要考試，所以今晚不睡覺要唸書。

★ 水曜日は　朝ご飯を　食べないで　病院へ　来てください。

星期三請不要吃早餐就來醫院。

★ 父は　けいたいを　持たないで　出かけました。

父親沒帶手機就出門了。

助詞

名詞

イ形容詞

ナ形容詞

疑問詞

副詞

指示詞

接續詞

動詞

複合詞

接辭

敬語

*05 動詞「被動」、「使役」、「使役被動」形的變化及活用表現

❶ 被動（受身）表現：V 的ない形＋れる / られる

日語的被動語句分為「受身I」、「受身II」二大類型。

> 受身I的表現

「受身I」是以有情物（人物、動物）為主語，除了例外的幾個語彙，例如「ほめる、誘う、助ける、頼む、招待する」之外，絕大部份的被動句，都是說話者（A）要表達因動作者（B）的行為而感到受害或困惑的情緒時所使用的表現。

被動語句通常以「A（主語）は　B（動作者）に　被動句」或「A（主語）は　B（動作者）に　＿＿＿を　被動句」的形式出現。（參考「助詞篇」的對象「に」助詞）

「被動表現」的製作方式：

分類	製作方式
G1	書く　→　書か＋れる 買う　→　買わ＋れる
G2	見る　→　見＋られる 食べる　→　食べ＋られる
G3	する　→　される 来る　→　来られる

★昨夜は　隣の犬に　鳴かれて　よく　眠れませんでした。

→（困惑）

昨夜被鄰居的狗吵得無法入眠。

★私は　バスの中で　人に　足を　踏まれました。

→（受害）

我在公車上被別人踩了。

★私は　試験が　よく　できたので、先生に　ほめられました。→（特例語彙）

我因為考得很好而被老師稱讚。

受身Ⅱ表現

「受身Ⅱ」是以人的動作內容（物）為主語的被動句。

★「ハリー・ポッター」は　大勢の人に　読まれています。

很多人閱讀《哈利波特》。

★オリンピックは　2008年8月8日に　北京で
行われました。

奧運二〇〇八年八月八日在北京舉行了。

★101ビルは　2004年12月31日に　建てられました。

一〇一大樓在二〇〇四年十二月三十一日建造完成了。

❷ 使役表現：V的ない形＋せる / させる

使役句型，顧名思義即是「使人勞役」之表現。句中必然有使役者（A）及動作者（B）之存在，而且使役者（A）的年齡或階級……

助詞
名詞
イ形容詞
ナ形容詞
疑問詞
副詞
指示詞
接續詞
動詞
複合詞
接辭
敬語

等，通常高於動作者（B）。中文解釋為「叫人～」、「使人～」、「讓人～」。（參考「助詞篇」的「に」、「を」）

在使役表現中，除了動詞本身即含有使役意味的語彙（例：泣かす、起こす……等）之外，絕大部份的使役句型都以二種形式出現：

（1）使役者（A）<u>は</u>　動作者（B）<u>を</u>　<u>自動詞使役句</u>

（2）使役者（A）<u>は</u>　動作者（B）<u>に</u>　（何）を　<u>他動詞使役句</u>

「使役表現」的製作方式：

分類	製作方式
G1	書く　→　書か＋せる 買う　→　買わ＋せる
G2	見る　→　見＋させる 食べる　→　食べ＋させる
G3	する　→　させる 来る　→　来させる

★先生は　学生を　立たせました。

老師叫學生站起來了。

★林さんは　先輩の悪口を　言って、先輩を　怒らせました。

林同學說學長的壞話，使學長生氣了。

★先生は　学生に　大きい声で　本を　読ませました。

老師叫學生大聲唸書了。

★そのことには　詳しいですから、私に　言わせてください。

對那件事我很清楚，所以請讓我來說。

❸ 使役被動表現：V 的ない形＋せられる／させられる

以被指使者的立場所看待的使役動作。使用於「某人被指使去做某事」時的語法表現。以「A（被使役者）は B（使役者）に ＿＿＿を使役被動句」的形式出現。G1 動詞在製作使役被動句時，除了語尾「〜す」以外的語彙，雖然文法上為「せられる」，但是在口語表達中經常以「される」取代其發音。

「使役被動表現」的製作方式：

分類	製作方式
G1	書<ruby>書<rt>か</rt></ruby>く → 書<ruby>書<rt>か</rt></ruby>か＋せられる（される） 買<ruby>買<rt>か</rt></ruby>う → 買<ruby>買<rt>か</rt></ruby>わ＋せられる
G2	見<ruby>見<rt>み</rt></ruby>る → 見<ruby>見<rt>み</rt></ruby>＋させられる 食<ruby>食<rt>た</rt></ruby>べる → 食<ruby>食<rt>た</rt></ruby>べ＋させられる
G3	する → させられる 来<ruby>来<rt>く</rt></ruby>る → 来<ruby>来<rt>こ</rt></ruby>させられる

★わたしは　社長<ruby><rt>しゃちょう</rt></ruby>に　日本<ruby><rt>にほん</rt></ruby>へ　出張<ruby><rt>しゅっちょう</rt></ruby>に　行<ruby><rt>い</rt></ruby>かせられました（行<ruby><rt>い</rt></ruby>かされました）。

我被老闆叫去日本出差了。

★買<ruby><rt>か</rt></ruby>いたくないのに、買<ruby><rt>か</rt></ruby>わせられました（買<ruby><rt>か</rt></ruby>わされました）。

不想買卻被迫購買了。

★父<ruby><rt>ちち</rt></ruby>は　医者<ruby><rt>いしゃ</rt></ruby>に　お酒<ruby><rt>さけ</rt></ruby>を　やめさせられました。

父親被醫生要求戒酒了。

★日曜日<ruby><rt>にちようび</rt></ruby>なのに　学校<ruby><rt>がっこう</rt></ruby>に　来<ruby><rt>こ</rt></ruby>させられました。

明明是星期天，居然還被叫到學校了。

右側邊欄：助詞　名詞　イ形容詞　ナ形容詞　疑問詞　副詞　指示詞　接續詞　動詞　複合詞　接辭　敬語

*06 動詞「ます形」的變化及活用表現

　　一般而言，日語的學習者學習動詞，最初所接觸的時態即是「ます形」。

　　「ます」是禮貌形的現在肯定表現，「ません」則是禮貌形的現在否定表現。而未來、尚未發生的事以及生活中反覆出現（習慣）的事，也包含在此時態當中。

　　此外，「ました」是過去肯定表現，「ませんでした」是過去的否定表現。動詞在「い段音」之下所製作的變化，都屬禮貌形的表現。（參考本書「名詞篇」之禮貌形的相關說明）

❶「ます形」的製作方式

分類	製作方式	範例
G1	語尾う段 → い段＋ます	行_いく → 行_いき＋ます 書_かく → 書_かき＋ます （ません、ました、ませんでした）
G2	去語尾る＋ます	食_たべる → 食_たべ＋ます 着_きる　 → 着_き＋ます （ません、ました、ませんでした）
G3	する → します	勉強_{べんきょう}する → 勉強_{べんきょう}します （しません、しました、しませんでした）
	くる → きます	来_くる → 来_きます （来_きません、来_きました、来_きませんでした）

★わたしは　パソコンで　レポートを　書_かきます。

我用電腦寫報告。

★先週_{せんしゅう}の日曜日_{にちようび}　家族_{かぞく}と　買_かい物_{もの}に　行_いきました。

上週日和家人一起購物去了。

★妹_{いもうと}は　にんじんを　食_たべません。

妹妹不吃紅蘿蔔。

★昨日_{きのう}は　頭_{あたま}が　痛_{いた}かったので、宿題_{しゅくだい}を　しませんでした。

昨天因為頭痛，所以沒寫作業。

❷「ます形」的活用表現

欲望表現：V的ます形＋たいです

表達說話者內心想做的事情（動作）。在口語表現中，則以普通形「たい」的形式出現。中文解釋為「想做～」。（參考「が」助詞）

★日本語_{にほんご}で　日本人_{にほんじん}と　話_{はな}したいです。

想用日文和日本人交談。

欲望表現：V的ます形＋たがります

表達第三人的情感、欲望。此句型也可視為「動詞たい形去い＋がります」的形式。在口語表現中，則以普通形「たがる」的形式出現。（參考「複合詞篇」）

★彼_{かれ}は　日本_{にほん}へ　行_いきたがっています。

他很想去日本。

助詞

名詞

イ形容詞

ナ形容詞

疑問詞

副詞

指示詞

接續詞

動詞

複合詞

接辭

敬語

★会社の同僚は　ブランド品を　買いたがります。

公司的同事很想買名牌商品。

> 目的表現：V的ます形＋に＋移動性動詞
> （參考目的「に」助詞）

移動到某處是為了做某事。中文解釋為「去～（地點）做～（事情）」。

★日本へ　お花見に　行きます。

去日本賞櫻花。

★忘れ物を　取りに　家へ　帰りました。

回家拿遺忘的東西。

> 命令表現：V的ます形＋なさい

委婉、客氣的命令表現，相較於命令形，語氣上較為緩和，通常都是父母或師長作為指示、命令小孩或學生之用。

★騒がないで、よく　聞きなさい。

不要吵了，仔細聽好！

★ネットばかり　していないで、勉強しなさい。

不要一直上網，去唸書！

助詞

名詞

イ形容詞

ナ形容詞

疑問詞

副詞

指示詞

接續詞

動詞

複合詞

接辭

敬語

邀約表現：V的ます形＋ませんか（ましょう）

　　用來邀約他人一起進行某事的表現句。

　　「～ませんか」是委婉、客氣的表現，中文解釋為「一起～好嗎？」。而「～ましょう」則是說話者個人意志下的邀請，中文解釋為「一起～吧！」。此外，「～ましょう」也是此邀約表現的同意回應句。

★今晩　いっしょに　コンサートへ　行きませんか。

今晩一起去聽演唱會好嗎？

★誕生日に　パーティーを　しましょう。

生日開舞會吧！

★この後　わたしの家で　コーヒーを　飲みませんか。

等一下要不要在我家喝咖啡呢？

★クリスマスに　パーティーを　しましょう。

耶誕節開舞會吧！

建言表現：V的ます形＋ましょう

　　對他人提出自己強烈的建議時使用的表現句。

★もう　遅いですから、早く　帰りましょう。

已經很晚了，快點回家吧！

★ご飯を　食べる前に、手を　洗いましょう。

吃飯前別忘了洗手哦！

動作並行表現：V的ます形＋ながら＋動作句

　　表示二個重疊的動作關係，也就是同時進行二個動作的表現。中文解釋為「一邊～一邊～」。

★母は　いつも　テレビを　見ながら、掃除します。

　我母親經常邊看電視邊打掃。

★歩きながら、タバコを　吸っては　いけません。

　不可以邊走路邊抽菸。

樣態表現：V的ます形＋そうです

　　「樣態表現」是說話者經由眼睛確認看到的事物現象，然後做出判斷，認為該事物好像是～的一種表現，所以中文解釋為「看起來好像是～」。在口語表現中，則以普通形「そう」的形式出現。此外，依表現上的需要，還可將「そう」提到句子中間，當成ナ形容詞使用，以修飾後句的動詞、名詞、形容詞等。

★たいへん　疲れて、倒れそうです。

　因為太累，好像快暈倒。

★曇っていますね。雨が　降りそうですよ。

　天氣陰陰的呢。好像快下雨了哦。

*07 動詞「辭書形」的變化及活用表現

　　「辭書形」是動詞最原始的形態，也稱為「原形」或「終止形」，動詞所有的變化都源自於此。「辭書形」即是「ます」的普通形，是不含禮貌的肯定表現。

❶「辭書形」的製作方式

分類	製作方式	範例	
G1	い段音→う段音	会います 遊びます	→ 会う → 遊ぶ
G2	去ます→る	教えます 食べます	→ 教える → 食べる
G3	します→する 来ます→来る	勉強します 来ます	→ 勉強する → 来る

（註1）G1動詞：辭書形語尾都是「う段音」

（註2）G2動詞：辭書形語尾都是「る」

★学校の近くに　デパートが　ある。

　　學校附近有百貨公司。

★9時から　3時半まで　銀行で　働く。

　　九點到三點半在銀行工作。

★来週　日本へ　出張する。

　　下週要到日本出差。

❷「辭書形」的活用表現

> 能力表現：V的辭書形＋ことが　できます
> 　　　　　（語文類、技能類、體能類）名詞＋が　できます

　　　此句型為可能動詞的表達形式之一。用來表達具有某項的能力或技術。在口語表現中，則以普通形「できる」的形式出現。中文解釋為「會～」、「能夠～」。

★ 弟<small>おとうと</small>は　自分<small>じぶん</small>で　自転車<small>じてんしゃ</small>の修理<small>しゅうり</small>が　できます。

　弟弟自己會修腳踏車。

★ わたしは　日本語<small>にほんご</small>で　電話<small>でんわ</small>を　かけることが　できます。

　我會用日語打電話。

★ 日本語<small>にほんご</small>が　下手<small>へた</small>ですから、1人<small>ひとり</small>で　日本<small>にほん</small>へ
行<small>い</small>くことが　できません。

　因為日文不好，所以無法自己一個人去日本。

> 命令（禁止）表現：V的辭書形＋な

　　　此句型為命令的形式之一，在命令他人不准做某事的狀況下使用，因此也可視為禁止表現。由於是直率、不客氣的語法，所以女性不適用。經常被使用於標語或告示文中，中文解釋為「不准～」。

★ 男<small>おとこ</small>だろう。泣<small>な</small>くな。

　你是男人吧！不准哭！

★ 工事中<small>こうじちゅう</small>。入<small>はい</small>るな。

　施工中。不准進入！

★もっと　勉強しなさい。テレビは　見るな。

多唸些書！不准看電視！

動詞句名詞化表現：V的辭書形＋ことです

　　此句型為動詞句的名詞轉換表現。在口語表現中，則以普通形「こと」的形式出現。（參考「名詞篇～10」）

★わたしの趣味は　音楽を　聞くことです。

我的嗜好是聽音樂。

★弟の夢は　王建民と　野球を　することです。

弟弟的夢想是和王建民一起打球。

動作接續表現：V的辭書形＋前に＋動作句
　　　　　　　名詞＋の前に＋動作句
　　　　　　　期間數量詞＋前に＋動作句

　　二個動作的接續表現。在前項的動作發生之前先做後項的動作，中文解釋為「在～之前先～」。

★友だちの家へ　行く前に　電話を　かけます。

去朋友家之前先打電話。

★食事の前に　手を　洗ってください。

飯前請洗手。

★5年前に　結婚しました。

五年前結婚了。

★10年前に　日本から　台湾へ　帰りました。

十年前從日本回到台灣。

可能性表現：Ｖ的辭書形＋ことが　あります

　　表日常生活中雖不常發生、卻偶爾可能出現的狀況。在口語表現中，則以普通形「ある」的形式出現。中文解釋為「有時會～」。（參考「名詞篇～10」）

★友<ruby>友<rt>とも</rt></ruby>だちは　<ruby>家<rt>うち</rt></ruby>に　<ruby>泊<rt>と</rt></ruby>まることが　あります。

有時候朋友會來家裡住。

★<ruby>月末<rt>げつまつ</rt></ruby>　<ruby>姉<rt>あね</rt></ruby>に　お<ruby>金<rt>かね</rt></ruby>を　<ruby>借<rt>か</rt></ruby>りることが　あります。

月底有時會向姐姐借錢。

勸說表現：Ｖ的辭書形＋と　いいです

　　此句型可用來（1）勸進他人做某動作；（2）表達說話者心中的期望。以「Ａと　いいです」的形式出現。在口語表現中，則以普通形「いい」的形式出現。中文解釋為「還是～比較好」、「～就好了」。

　　在表達說話者心中期望之用時，也可使用「名詞/ナ形容詞（語幹）だ＋と　いいです」以及「イ形容詞（現在）＋と　いいです」二句型。在口語表現中，以普通形「いい」的形式出現。

★<ruby>分<rt>わ</rt></ruby>からなければ、<ruby>先生<rt>せんせい</rt></ruby>に　<ruby>聞<rt>き</rt></ruby>くと　いいですよ。

如果不懂的話，還是問老師的好吧。

★<ruby>車<rt>くるま</rt></ruby>が　もっと　<ruby>大<rt>おお</rt></ruby>きいと　いいですね。

車子再更大一些就好了哪。

★<ruby>今度<rt>こんど</rt></ruby>の<ruby>先生<rt>せんせい</rt></ruby>が　きれいだと　いいなあ。

下一位老師要是漂亮就好了……。

*08 動詞「て形」的變化及活用表現

助詞
名詞
イ形容詞
ナ形容詞
疑問詞
副詞
指示詞
接續詞
動詞
複合詞
接辭
敬語

動詞的「て形」用來接續動詞。

❶「て形」的製作方式

G1：第一類動詞的「音便」現象

　　動詞在製作「て形」變化時，G1：第一類動詞會有「音便」的現象產生。所謂「音便」，顧名思義是指聲音的便利性，為了方便發音而作的考量。

辭書形語尾「く、ぐ」→ い音便

（例）履<ruby>は<rt></rt></ruby>く → 履<ruby>は<rt></rt></ruby>いて
　　　書<ruby>か<rt></rt></ruby>く → 書<ruby>か<rt></rt></ruby>いて
　　　急<ruby>いそ<rt></rt></ruby>ぐ → 急<ruby>いそ<rt></rt></ruby>いで（語尾濁音時，音便也為濁音）

辭書形語尾「う、つ、る」→ 促音便

（例）会<ruby>あ<rt></rt></ruby>う → 会<ruby>あ<rt></rt></ruby>って
　　　持<ruby>も<rt></rt></ruby>つ → 持<ruby>も<rt></rt></ruby>って
　　　座<ruby>すわ<rt></rt></ruby>る → 座<ruby>すわ<rt></rt></ruby>って

辭書形語尾「ぶ、む、ぬ」→ 鼻音便

（例）呼<ruby>よ<rt></rt></ruby>ぶ → 呼<ruby>よ<rt></rt></ruby>んで
　　　飲<ruby>の<rt></rt></ruby>む → 飲<ruby>の<rt></rt></ruby>んで
　　　死<ruby>し<rt></rt></ruby>ぬ → 死<ruby>し<rt></rt></ruby>んで（所有鼻音便的語彙，音便都是濁音）

179

注意：「行く」為例外的音便。

　　　　行く → 行って（促音便）

辭書形語尾「す」的語彙無音便現象，以「ます形」＋て即可

（例）貸す → 貸します → 貸し＋て → 貸して

　　　話す → 話します → 話し＋て → 話して

G2：第二類動詞的「て形」變化

第二類動詞在製作「て形」變化時，無音便的現象。以「ます形」＋て即可。

（例）着る　 → 着ます　 → 着て

　　　食べる → 食べます → 食べて

　　　見る　 → 見ます　 → 見て

G3：第三類動詞的「て形」變化

第三類動詞在製作「て形」變化時，與第二類動詞一樣，無音便的現象。以「ます形」＋て即可。

（例）案内する → 案内します → 案内して

　　　修理する → 修理します → 修理して

　　　来る　　 → 来ます　　 → 来て

❷「て形」的活用表現

要求表現：Ｖ的て形＋ください

要求他人做某事的表現句。中文解釋為「請～」之意。

★荷物を　そこに　置いてください。

請將行李放在那裡。

★明日　7時半までに　学校へ　来てください。

明天請在七點半前到學校。

嘗試表現：V的て形＋みます

　　此句型用來「暗示為了要知道某事而採取的行動」、或者是「嘗試著去做某件事情」，中文解釋為「試試看～」。在口語表現中，則以普通形「みる」的形式出現。

★日本語で　手紙を　書いてみました。

試著用日文寫了信。

★口に　合うかどうか　分かりませんが、どうぞ
食べてみてください。

不知是否合你口味，但請吃吃看。

動作進行表現：V的て形＋います

　　表示動作正在進行當中，中文解釋為「正在做～」。一般而言，此時的動作大都是持續動作。在口語表現中，則以普通形「いる」的形式出現。

★兄は　部屋で　雑誌を　読んでいます。

哥哥正在房間看雜誌。

★父は　電話で　誰かと　話しています。

父親不知和誰在電話裡說著話。

狀態下動作進行表現：V的て形＋動作句

以「ＡてＢ」句型出現的此活用，是用來敘述在Ａ狀態之下，進行Ｂ動作的表現句。

★今日　お弁当を　持って来ました。

今天帶著便當來。

★母は　傘を　持って出かけました。

母親帶著傘出去了。

★教室の後ろに　立って、講義を　聞いています。

站在教室後面聽課。

狀態表現：V的て形＋います

表示某一動作發生後所留下的狀態結果。在口語表現中，則以普通形「いる」的形式出現。

★庭に　花が　きれいに　咲いています。

庭園的花開得好漂亮。

★郭さんは　結婚していますか。

郭先生結婚了嗎？

★わたしは　台北に　住んでいます。

我住在台北。

★彼の電話番号を　知っていますか。

知道他的電話號碼嗎？

助詞

名詞

イ形容詞

ナ形容詞

疑問詞

副詞

指示詞

接續詞

動詞

複合詞

接辭

敬語

逆接表現：V的て形＋も

　　以「Ａ ても Ｂ」的形式出現，表達「即使Ａ也Ｂ」的含意，是條件（假設）句型的逆態句。

★雨が　降っても　洗たくします。

即使下雨也要洗衣服。

★お金が　あっても　時間が　なければ、旅行に行けません。

即使有錢，如果沒時間的話，也不能去旅行。

　　以「疑問詞Ａ ても Ｂ」的形式出現，則是用來表達「無論～都～」之意。（參考「助詞篇」的「でも」）

★いくら　勉強しても　英語が　なかなか　上手になりません。

不管如何用功英文都很難變好。

★いくら　呼んでも　彼は　返事しません。

不管怎麼叫他都沒回應。

許可表現：V的て形＋も　いいです / かまいません

　　以「V的て形＋も　いいです」的句型表達許可，用來表示「容許他人做某事」。在口語表現中，則以普通形「いい」的形式出現。

　　「かまいません」是較為客氣的表現，中文解釋為「可以～」。在口語表現中，則以普通形「かまわない」的形式出現。

★日曜日　遊びに　行っても　かまいませんか。

星期天可以去你家玩嗎？

★これを　もらっても　いいですか。

可以拿這個嗎？

★今晩　用事が　あるので、早く　帰っても　いいですか。

今晚有事，可以早點回去嗎？

★その時計を　見ても　いいですか。

可以看那個時鐘嗎？

禁止表現：V的て形＋は　いけません

以「V的て形＋は　いけません」的句型表達禁止、不容許他人做某事之意。在口語表現中，則以普通形「いけない」的形式出現。語氣直接而且強勢，中文解釋為「不可以～」、「不許～」。

★試験中　話しては　いけません。

考試中不許講話。

★図書館で　大きい声で　話しては　いけません。

在圖書館不可以大聲講話。

★ＭＲＴの中で　食べたり　飲んだり　しては　いけません。

不可以在捷運內飲食。

因果表現：V的て形＋結果句

原因、理由的陳述句。中文解釋為「因為～，所以～」。

★かぜを 引いて、病院へ 行きました。

感冒了，所以去了醫院。

★新聞を 読んで、そのことを 知りました。

看了報紙才知道那件事情。

動作接續表現：V的て形＋から＋動作句

　　陳述二個依序發生的動作，二個動作前後相距的時間極短。中文解釋為「～之後～」。（著重時間關係）

★洗たくしてから、買い物に 行きます。

洗衣服之後去購物。

★ご飯を 食べてから、お茶を 飲みます。

飯後喝茶。

二個或二個以上動作接續表現：V的て形＋V的て形＋動作句

　　表達二個或二個以上動作先後發生的陳述句，與前句型最大的差異在於，此句型中的動作與動作之間的相距時間是無法判斷的。（著重動作關係）

★昨日 家へ 帰って、お風呂に 入って、晩ご飯を
食べました。

昨天回家後，洗了澡、吃了晚餐。

★日曜日 友だちに 会って、映画を 見て、いっしょに
お茶を 飲みました。

星期天和朋友見面、看了電影、一起喝了茶。

助詞

名詞

イ形容詞

ナ形容詞

疑問詞

副詞

指示詞

接續詞

動詞

複合詞

接辭

敬語

動作前置表現：V的て形＋おきます

　　為了將來的某個目的而事前（預先）做好某個動作（事情）。「置く」意為放置，所以是「將動詞て形的動作完成，以便～」之意，中文解釋為「預先～」。在口語表現中，則以普通形「おく」的形式出現。

★ 重要な語彙は　よく　覚えておいてください。

好好地將重要的單字記住。

★ 明日は　会議なので、今日　資料を　コピーしておきます。

因為明天要開會，所以今天先將資料印好。

動作完成表現：V的て形＋しまいます

　　在初級日語中「しまう」有二種含意：（1）表達動作的完成、終了之意；（2）對所發生的動作充滿遺憾之情緒時使用的表現。在口語表現中，則以普通形「しまう」的形式出現。

★ 昨日　ワインを　もらいました。おいしかったので、
1人で　飲んでしまいました。

昨天收到紅酒。因為好喝，所以就一個人喝光了。

★ 今日　大切な試験が　ありましたが、試験の時間に
遅れてしまいました。

今天有重要的考試，但是卻沒趕上考試的時間。

動作授受表現：名詞（物）＋授受動詞 / V 的て形＋授受動詞

「授受表現」有「あげます」（給～某人）、「もらいます」（從某人處得到～、接受～）、「くれます」（某人給我～）三個語彙。

「授受動詞」可以是東西、物品的授予或接受，此時是以「（物）を　授受動詞」的句型出現。它也可以是行為、動作的授予或接受，以「V 的て形＋授受動詞」的句型出現，通常說話者內心含有感謝、受惠之情時，使用此語法陳述。

★昨日　先輩に　辞書を　もらいました。
昨天從學長那裡收到了字典。

★昨日　先輩に　辞書を　買ってもらいました。
昨天學長幫我買了字典。

★母は　きれいなワンピースを　くれました。
媽媽給了我漂亮的洋裝。

★母は　きれいなワンピースを　作ってくれました。
媽媽為我做了漂亮的洋裝。

★わたしは　クラスメートに　ＣＤを　あげました。
我給同學CD了。

★わたしは　クラスメートに　ＣＤを　貸してあげました。
我借CD給同學了。

助詞
名詞
イ形容詞
ナ形容詞
疑問詞
副詞
指示詞
接續詞
動詞
複合詞
接辭
敬語

動作授受表現：名詞（物）＋授受動詞／V的て形＋授受動詞
（尊敬語、謙讓語）

依據授予者與接受者之間親疏遠近的關係，將禮貌形（～ます）
的語彙轉換為尊敬語或謙讓語的表現，與前項句型完全相同。

語彙	尊敬語	謙讓語	語意
あげる	さしあげる	－	給某人
くれる	くださる	－	某人給（我）～
もらう	－	いただく	得到～、接受～

★日本<ruby>日<rt>に</rt></ruby><ruby>本<rt>ほん</rt></ruby>からのお<ruby>客<rt>きゃく</rt></ruby>さんに　ウーローン<ruby>茶<rt>ちゃ</rt></ruby>を　さしあげます。
（あげる）

送烏龍茶給日本來的客人。

★<ruby>日<rt>に</rt></ruby><ruby>本<rt>ほん</rt></ruby>からのお<ruby>客<rt>きゃく</rt></ruby>さんに　ウーローン<ruby>茶<rt>ちゃ</rt></ruby>を
<ruby>買<rt>か</rt></ruby>ってさしあげます。（あげる）

買烏龍茶送給日本來的客人。

★<ruby>先<rt>せん</rt></ruby><ruby>生<rt>せい</rt></ruby>が　<ruby>日<rt>に</rt></ruby><ruby>本<rt>ほん</rt></ruby><ruby>語<rt>ご</rt></ruby>の<ruby>辞<rt>じ</rt></ruby><ruby>書<rt>しょ</rt></ruby>を　くださいました。（くれる）

老師送了我日語字典。

★<ruby>先<rt>せん</rt></ruby><ruby>生<rt>せい</rt></ruby>が　<ruby>日<rt>に</rt></ruby><ruby>本<rt>ほん</rt></ruby><ruby>語<rt>ご</rt></ruby>を　<ruby>教<rt>おし</rt></ruby>えてくださいました。（くれる）

老師教我日文了。

★<ruby>昨<rt>きのう</rt></ruby><ruby>日<rt></rt></ruby>　<ruby>先<rt>せん</rt></ruby><ruby>生<rt>せい</rt></ruby>の<ruby>家<rt>うち</rt></ruby>へ　<ruby>行<rt>い</rt></ruby>って　この<ruby>本<rt>ほん</rt></ruby>を　いただきました。
（もらう）

昨天去老師家得到了這本書。

★私は　田中さんに　空港まで　送っていただきました。
（もらう）

田中先生送我去機場了。

自動詞狀態表現：自動詞的て形＋います

　　由於中文的語法並無自、他動詞之分，所以對於此相關句型的學習，一般而言都具有某種程度的疑惑。基本上，自動詞的此句型著重單純、具體陳述眼前所看到的事物狀態，對此狀態結果並不作過多的聯想。在口語表現中，則以普通形「いる」的形式出現。

★まどが　開いています。

窗戶是開的。

★部屋の電気が　ついています。

房間的燈是亮的。

★テレビが　壊れています。

電視機壞了。

★その店は　いつも　人が　並んでいますから、
おいしいでしょう。

因為那家店總是有人在排隊，所以應該很好吃吧。

他動詞狀態表現：他動詞的て形＋あります

　　相對於自動詞的「單純敘述狀態結果」的語法，他動詞則不僅敘述事件的結果，並對此結果作出某種聯想，認為是有人為了某種目的

而刻意的讓此結果持續存在的表現。在口語表現中，則以普通形「あ
る」的形式出現。

★壁に　仮名の五十音図が　貼ってあります。

牆壁上貼著假名的五十音表。

★テーブルに　おさらが　5枚　置いてあります。

桌上擺了五個盤子。

★椅子の上に　誰かのけいたい電話が　置いてあります。

不知是誰的手機擺在椅子上。

狀態感覺表現：Ｖ的て形＋いきます

（1）以說話者的所在位置看事件發展結果時，「Ｖ的て形＋いき
ます」的句型，指空間上的遠離，由近處逐漸向遠方而去的感覺。在
口語表現中，則以普通形「いく」的形式出現。

（2）以說話者發言時間點看事件發展結果時，「Ｖ的て形＋いき
ます」的句型，則是指時間上的變化，事情朝某種狀態發展或呈現某
種傾向的感覺。在口語表現中，則以普通形「いく」的形式出現。

中文解釋為「逐漸地～」、「繼續～」。

★これから　ますます　暑くなっていきます。

接下來天氣會越來越熱。

★船が　港から　出ていきました。

船從港口開了出去。

狀態結果表現：Ｖ的て形＋きます

　　以說話者的所在位置看事件發展結果時，「Ｖ的て形＋きます」的句型與前項的句型恰好相反，此句型（１）指空間上的逼近，由遠方逐漸向近處接近的感覺。（２）指時間變化的結果，隨著時間的經過，事情發展至某種狀態的感覺。在口語表現中，則以普通形「くる」的形式出現。

　　中文解釋為「越來越～」、「～來了」。

★<ruby>暑<rt>あつ</rt></ruby>く<u>なってきました</u>。
天氣變熱了。

★<ruby>雨<rt>あめ</rt></ruby>が　<u><ruby>降<rt>ふ</rt></ruby>ってきました</u>から、<ruby>早<rt>はや</rt></ruby>く　<ruby>帰<rt>かえ</rt></ruby>りましょう。
下起雨來了，所以早點回家吧！

助詞
名詞
イ形容詞
ナ形容詞
疑問詞
副詞
指示詞
接續詞
動詞
複合詞
接辭
敬語

*09 動詞「た形」的變化及活用表現

　　動詞的「た」是「ました」的普通形。「ました」用來表示動作的完成，亦即表示以往做過或經歷過的事，也就是過去式。

❶「た形」的製作方式

G1：第一類動詞的「た形」變化──「音便」現象

　　動詞在製作「た形」變化時，G1：第一類動詞會有「音便」的現象產生。所謂「音便」，顧名思義是指聲音的便利性，為了方便發音而作的考量。

辭書形語尾「く、ぐ」→ い音便

（例）書^かく → 書^かいた
　　　泳^{およ}ぐ → 泳^{およ}いだ（語尾濁音時，音便也為濁音）

辭書形語尾「う、つ、る」→ 促音便

（例）言^いう → 言^いった
　　　待^まつ → 待^まった
　　　撮^とる → 撮^とった

辭書形語尾「ぶ、む、ぬ」→ 鼻音便

（例）呼^よぶ → 呼^よんだ
　　　読^よむ → 読^よんだ

死ぬ → 死んだ（所有鼻音便的語彙，音便都是濁音）

注意：「行く」為例外的音便。

行く → 行った（促音便）

辭書形語尾「す」的語彙無音便現象，以「ます形」＋た即可

（例）話す → 話します → 話し＋た → 話した

G2：第二類動詞的「た形」變化

第二類動詞在製作「た形」變化時，無音便的現象。以「ます形」＋た即可。

（例）見る　　→ 見ます　　→ 見た
　　　起きる → 起きます → 起きた

G3：第三類動詞的「た形」變化

第三類動詞在製作「た形」變化時，與第二類動詞一樣，無音便的現象。以「ます形」＋た即可。

（例）修理する → 修理します → 修理した
　　　来る　　　→ 来ます　　　→ 来た

❷「た形」的活用表現

經驗表現：V的た形＋ことがあります

此句型用來表達經驗的有無。以往曾經做過或經歷過，有別於他人的事，以現在的時間點來看，全都成了經驗。在口語表現中，則以

普通形「ある」的形式出現。中文解釋為「曾經～」。

★日本(にほん)へ　行(い)ったことが　あります<u>か</u>。

　　曾經去過日本嗎？

★日本(にほん)の歌舞伎(かぶき)を　見(み)たことが　あります。

　　曾經看過日本的歌舞伎。

★日本(にほん)で　プロ野球(やきゅう)の試合(しあい)を　見(み)たことが　あります。

　　曾經在日本看過職棒的比賽。

勸告表現：**V**的た形＋ほうが　いいです

　　　作為勸戒他人的語法表現。在口語表現中，則以普通形「いい」的形式出現。中文解釋為「～做比較好」。

★体(からだ)に　悪(わる)いですから、タバコは
　やめたほうが　いいですよ。

　　因為對身體不好，戒菸比較好哦！

★そのことは　ご両親(りょうしん)に　言(い)ったほうが　いいですよ。

　　那件事還是告訴你父母親比較好吧！

★テストは　難(むずか)しいですから、今(いま)から、
　勉強(べんきょう)したほうが　いいですよ。

　　因為考試很難，現在就開始唸書比較好哦！

★明日(あした)は　忙(いそが)しいですから、早(はや)く　寝(ね)たほうが　いいですよ。

　　因為明天會很忙，早點睡比較好哦！

助詞

名詞

イ形容詞

ナ形容詞

疑問詞

副詞

指示詞

接續詞

動詞

複合詞

接辭

敬語

動作接續表現：Ｖ的た形＋後で＋動作句

做完前項的動作之後再做後項的動作，二個動作的接續表現。

★友だちと　食事した後で、散歩に　行きました。

和朋友吃過飯後散步去了。

★シャワーを　浴びた後で、彼に　電話を　かけました。

洗過澡後打了電話給男友。

動作列舉表現：Ｖ的た形＋り　Ｖ的た形＋り　します

在做了一連串的動作之後，將其中的一、二個動作列舉出來。中文解釋為「～、～等等」。若為對照的、相反的二個動作或狀態時，則表示動作或狀態的反覆。在口語表現中，則以普通形「する」的形式出現。

★休みの日　掃除したり、洗たくしたり　します。

假日打掃洗衣等等。

★教室で　会話の練習を　したり、ＣＤを
聞いたり　しています。

在教室練習會話、聽CD等等。

★台北駅は　人が　行ったり、来たりして、たいへん
にぎやかです。

台北車站人來人往非常熱鬧。

195

條件（假設）表現：V 的た形＋ら

「條件」表現，也就是「假設」句型。以「Ａたらㄅ」的形式出現，利用「動詞た形＋ら」的語法，表達當Ａ條件成立時則會帶來Ｂ的現象、狀態、結果等。中文解釋為「如果～（Ａ）則～（Ｂ）」。

條件句型的逆態表現「ＡてもＢ」句型請參考「て形」活用表現。

★台湾に　着いたら　私に　電話してください。

如果到了台灣，請給我電話。

★雨が　降ったら　試合が　中止に　なるかもしれません。

如果下雨的話，可能會停賽。

*10 動詞「普通形」的活用形式

動詞的「普通形」包括「ない形」、「なかった形」、「辞書形」、「た形」等四種形式，是不含敬意的口語表現。（參考本書「名詞篇」普通形的相關說明）

主張（陳述）表現：V的普通形＋んです（のです）

「動詞普通形＋んです（のです）」的句型可以用來表示（1）說話者的主張、想法；（2）說話者想要強調的事情原委。（名詞、ナ形容詞語幹＋なんです）

★A「どうして　遅れたんですか」
　B「渋滞だったんです」

　A「為什麼遲到呢？」
　B「因為塞車。」

推測表現：V的普通形＋でしょう（かもしれません）

對未知的事物做出個人的判斷與推測時使用的語法。依可能性的高低有「でしょう」與「かもしれません」。「でしょう」的中文解釋為「大概～吧」，經常與副詞「たぶん」一起出現；「かもしれません」中文解釋為「可能～、或許～」，用在不確定時的判斷與推測。

★明日は　寒く　なるでしょう。

明天會變冷吧！

★明日は　晴れるでしょう。

明天會放晴吧！

★ 今度の旅行は　中止するかもしれません。

這回的旅行可能停辦。

★ 妹は　来年　日本に　留学するかもしれません。

妹妹說不定明年會去日本留學。

推測表現：Ｖ的普通形＋だろう（かもしれない）

前項句型的口語表現，不含禮貌的說法。「だろう」是「でしょう」的普通形，「かもしれない」是「かもしれません」的普通形，二句型的功能完全相同。

★ 明日も　雨が　降るだろう。

明天大概也是下雨吧！

★ 物価は　まだ　上がるだろう。

物價還會上漲吧！

★ 並んでいるので、1時間ぐらい　待つかもしれない。

因為在排隊，所以說不定要等一個小時左右。

★ 彼女は　そろそろ　結婚するかもしれない。

她說不定就快要結婚了。

假設表現：Ｖ的普通形（現在）＋と

是日語語法中，條件句的表現形式之一。以「ＡとＢ」的句型出現，用來表現假設的語法，表示如果Ａ條件產生的話，則必然帶來Ｂ的結果或現象。此外，也可用來陳述慣性的動作、常理、以及永久不

助詞
名詞
イ形容詞
ナ形容詞
疑問詞
副詞
指示詞
接續詞
動詞
複合詞
接辭
敬語

變的定律。中文解釋為「一～，就～」或是「如果～的話」。其中A條件以動詞的「辭書形」及「ない形」出現的機率較高。

假設表現的逆態句型以「AてもB」的形式表現。（參考「て形」活用）

★日本では　春に　なると　桜が　咲きます。

在日本，一到春天櫻花就綻放。

★日本語が　できないと　困りますから、
いっしょうけんめい勉強します。

如果不會日文的話就麻煩了，所以拚命學習。

★この橋を　渡ると　右に　大きいスーパーが　あります。

一過了這座橋，右側就有大型超市。

假設表現：V的普通形＋なら

「條件」表現。假設句型。以「AならB」的形式出現，利用「V的普通形＋なら」的語法表達，如果實際情況是A的話，承接A的內容所做的B（建議、命令、要求……等）的敘述。中文解釋為「如果～（A），則～（B）」。

★勉強しないなら　働きなさい。

如果不唸書的話，就去工作！

★電化製品を　買うなら　秋葉原が　いいですよ。

如果要買電器用品的話，秋葉原不錯哦！

199

★日本へ　旅行に　行くなら　9月が　一番いいと
思います。

如果要去日本旅行的話，我想九月是最適宜的。

引述表現：V的普通形＋と　言います

用來轉述或引述他人的言語內容、或將事物主題導入句中並詳加
說明時使用的表現。在口語表現中，則以普通形「言う」的形式出現。

★先生は　「明日　ここへ　来なさい」と　言いました。

老師說：「明天到這兒來！」

★母は　「今日は　ご飯を　作らない」と　言いました。

媽媽說：「今天不做飯。」

時間表現：V的普通形＋とき

中文解釋為「在～的時候～」。此句型雖然屬於時間的相關表
現，但是也可看成是動作的先後關係。

★家を　出るとき　雨が　降っていました。

出門時下著雨了。

★レポートを　書くとき　辞書を　使います。

寫報告的時候使用字典。

★学校へ　行くとき　パンと牛乳を　買いました。

去學校的時候買了麵包和牛奶。

動詞句名詞化表現：V的普通形＋ことです

　　　將動詞句名詞化的語法。也就是使用動詞來修飾名詞的表現方法。在口語表現中，則以普通形「ことだ」的形式出現。

★わたしの趣味は　映画を　見ることです。

我的嗜好是看電影。

★わたしの夢は　アメリカに　住むことです。

我的夢想是住在美國。

傳聞表現：V的普通形＋そうです

　　「傳聞」表現。說話者非經由眼睛確認，而是將間接從他人處所聽到的訊息，傳達給第三者知道的語法表現，中文解釋為「聽說～」、「據說～」。在口語表現中，則以普通形「そうだ」的形式出現。

★林さんに　よると　先輩は　来月　結婚するそうです。

聽林先生說學長下個月要結婚。

★彼女は　会社を　辞めたそうです。

聽說她辭職了。

推量表現：V的普通形＋らしいです

　　　以「V的普通形＋らしいです」出現的句型，是說話者用來表達依據外在的訊息所做的客觀判斷，是確信度相當高的推測語法，中文解釋為「似乎～，好像～」。在口語表現中，則以普通形「らしい」

的形式出現。

　　另有一句型是以「名詞＋らしいです」的形式呈現，用來表示「具有～特質」，中文解釋為「像～的樣子」、「典型的～」。

★彼女は　いいものばかり　使っていますから、お金が
　あるらしいです。

她都是用高檔貨，所以似乎是很有錢。

★父は　中国人らしい生活を　しています。

父親過著典型中國人的生活。

推量表現：V的普通形＋ようです

　　「推測」表現。與前項句型相同，都是用來表達推量的語法，但是此句型是說話者根據自己感受到或捕捉到的印象，對事物、現象進行主觀性的推論與判斷的語法。在口語表現中，則以普通形「ようだ」的形式出現。中文解釋為「好像～」、「似乎～」。

★課長も　あまり　知らないようです。

課長也好像不知道。

★どこかで　会ったようですが、名前が　思い出せません。

雖然好像在哪裡見過，但名字就是想不起來。

*11 動詞「ば形」的變化及活用表現

助詞

名詞

イ形容詞

ナ形容詞

疑問詞

副詞

指示詞

接續詞

動詞

複合詞

接辭

敬語

動詞的「ば形」在語法中作為假設之用。

❶「ば形」的製作方式

分類	製作方式	範例
G1	語尾う段 → え段+ば	書く → 書け+ば 行く → 行け+ば
G2	去語尾る+れば	食べる → 食べ+れば 着る → 着+れば
G3	する → すれば くる → くれば	勉強する → 勉強すれば 来る → 来れば

❷「ば形」的活用表現

> 條件（假設）表現：Ｖ的ば形＋結果句

　　是日語語法中，條件句的表現形式之一。以「ＡばＢ」的句型出現，用來表現假設的狀態，表示如果Ａ條件產生的話，則必然帶來Ｂ的結果或現象。若為否定的假設，則以「Ｖ的ない形＋なければ」形式山現。

　　此句型強調Ａ的部份，因此Ｂ的句型可呈現說話者主觀的意見或判斷。中文解釋為「如果～的話，就～」。（條件句型的逆態表現「ＡてもＢ」句型，請參考「て形」活用表現。）

★お金が　あれば　ぜひ　日本へ　行ってみたいです。

如果有錢的話，一定要去日本看看。

★母に　聞かなければ　分かりません。

不問母親的話，不會知道。

*12 動詞「可能形」的變化及活用表現

助詞

名詞

イ形容詞

ナ形容詞

疑問詞

副詞

指示詞

接續詞

動詞

複合詞

接辭

敬語

在日語的語法中，「可能形」用來表達「能力」、「可能性」。

❶「可能形」的製作方式

分類	製作方式	範例
G1	語尾う段 → え段＋る	読む　　　→　読め＋る 買う　　　→　買え＋る
G2	去語尾る＋られる	起きる　　→　起き＋られる 見る　　　→　見＋られる
G3	する → できる くる → こられる	修理する → 修理できる 来る　　　→　来られる

（註）動詞變化為「可能形」後，都屬於第二類（G2）動詞，以第二類（G2）動詞的形式做各項變化。

❷「可能形」的活用表現

能力表現：～が＋V的可能形

「能力」的表現形式。日語中的「能力」包括：（1）人的行為能力，「能夠～」之意；（2）環境的「可能」性，在某種環境下「可以～」之意。

★父は　日本語が　上手に　話せます。（話す）

父親能夠說很流利的日文。

★コンビニで　荷物が　送れます。（送る）

在超商能寄送行李。

★日本では　水道の水が　飲めます。（飲む）

日本的自來水可以喝。

自發能力表現：〜が＋見えます / 聞こえます

「自發能力」的表現形式。表示在自然狀態下，非經由努力即可完成的自然動作，屬於個人生理上自發的、自然的能力。有眼睛自然能看，「見えます」中文解釋為「看得到〜」；有耳朵自然能聽，「聞こえます」中文解釋為「聽得到〜」。在口語表現中，則以普通形「見える」、「聞こえる」的形式出現。

★今晩は　星が　よく　見えます。

今晚星星看得很清楚。

★停電で　何も　見えません。

因為停電，什麼都看不到。

★どこからか　救急車の音が　聞こえます。

不知從何處傳來救護車的聲音。

★都会では　せみの声は　聞こえません。

都市裡聽不到蟬的叫聲。

能力變化表現：V的可能形＋ように　なります

此句型用來表達（1）人的行為能力從無到有的變化過程，「變得能夠～」之意。（2）環境條件變得完備的過程，「變得可以～」之意。在口語表現中，則以普通形「なる」的形式出現。

★彼は　よく　勉強したので、日本語が
話せるように　なりました。

因為他很認真學習，所以能夠說日文了。

★台湾新幹線が　できたので、速く　高雄へ
行けるように　なりました。

因為高鐵的完成，變得可以更快速地到高雄了。

使～狀態變化表現：V的可能形＋ように＋動作句

此句型以「V的可能形（A）＋ように＋（B）」的形式出現，A表示期望的目標，B表達為達到此目標所做的努力，中文解釋為「為了能夠A～，所以做B」。

★日本語が　話せるように　いっしょうけんめい
勉強します。

為了能講日文，拚命地學習。

★海外旅行が　できるように　貯金を　始めました。

為了能國外旅遊，開始存錢了。

207

*13 動詞「命令形」的變化及活用表現

在日語的語法中，「命令形」用來表達「上對下」強制要求、嚴厲不客氣的態度。

❶「命令形」的製作方式

分類	製作方式	範例
G1	語尾う段 → え段	行^いく　→　行^いけ 書^かく　→　書^かけ
G2	去語尾る＋ろ	起^おきる　→　起^おきろ 借^かりる　→　借^かりろ
G3	する → しろ くる → こい	修理^{しゅうり}する　→　修理^{しゅうり}しろ 来^くる　→　来^こい

❷「命令形」的活用表現

命令表現：V的命令形

「命令形」用於上司對下屬、老師對學生、父母對小孩等有明確階級關係的對象，是強烈、嚴厲、不客氣的說話語氣。

★「帰^{かえ}れ。もう　ここへは　来^こないで　ほしい」

「回去！希望（你）不要再來這裡了。」

★先生^{せんせい}に　「事務所^{じむじょ}へ　来^こい」と　言^いわれました。

被老師說：「到辦公室來！」

*14 動詞「意向形」的變化及活用表現

助詞
名詞
イ形容詞
ナ形容詞
疑問詞
副詞
指示詞
接續詞
動詞
複合詞
接辭
敬語

「意向形」用來表達說話者心中的意志、決定，是「～ましょう」的普通形，因此也具有邀約的功能。中文解釋為「～吧」。

❶「意向形」的製作方式

分類	製作方式	範例
G1	語尾う段 → お段＋う	待つ → 待と＋う 買う → 買お＋う
G2	去語尾る＋よう	起きる → 起き＋よう 教える → 教え＋よう
G3	する → しよう くる → こよう	案内する → 案内しよう 来る → 来よう

❷「意向形」的活用表現

意志表現：Ｖ的意向形＋と 思います

「思います」是「打算～」的意思，說話者要表達自己說話當時心中的意志、決定時，以「意向形＋と 思います」來表達委婉的心情。在口語表現中，則以普通形「思う」的形式出現。

★私は 会社を 辞めようと 思います。

我想要辭職。

★来年　日本へ　語学の勉強に　<u>行こうと</u>　思っています。

打算明年去日本唸語言學。

> 意志表現：V的意向形＋と　します

　　說話者要表達自己努力嘗試做心中所決定的事情時，以「意向形＋と　します」的語法來敘述。中文解釋為「試著想～」。在口語表現中，則以普通形「する」的形式出現。

★<u>起きようとします</u>が、　なかなか　起きられません。

想起床，但是怎麼都起不來。

★<u>寝ようとして</u>いたときに、友だちが　来ました。

正想睡的時候，朋友來了。

*15 動詞口語的縮約表現

在口語表達中，為了聲音接續上的方便性，出現了一些縮略的表現。

> 「～て　しまった」→「～じゃった」、「～ちゃった」
> 「～ては」　　　　→「～ちゃ」、「～じゃ」
> 「～なければ」　　→「～なきゃ」

★ 弟が　わたしのケーキを　全部　食べちゃった。
　　　　　　　　　　　　　　（食べて　しまった）

弟弟把我的蛋糕全部吃光了。

★ 人の　答えを　見ちゃ　いけないよ。
　　　　　　　（見ては）

不可以看人家的答案喔！

★ 上司に　聞かなきゃ　ならない。
　　　　　（聞かなければ）

必須要問上司。

助詞
名詞
イ形容詞
ナ形容詞
疑問詞
副詞
指示詞
接續詞
動詞
複合詞
接辭
敬語

MEMO

複合詞

　　如字面所言，結合二個語彙而成的新語詞稱為「複合詞」。就詞類而言，複合詞有「複合動詞」、「複合形容詞」、「複合名詞」等。複合詞的前半部（前項）若是名詞、形容詞時，以「語幹」接續後半部（後項）的語彙；複合詞的前半部（前項）若是動詞時，則以前半部（前項）語彙的「い段音（ます形）」＋後半部（後項）的語彙，以造就複合意義的新語詞。通常複合詞的屬性，以後半部（後項）的詞類來決定。

*01 複合詞前半部（前項）與後半部（後項）的關係

❶ 狀態、手段

★呼_よび集_{あつ}める　整隊集合

呼び集める 整隊集合

飛_とび降_おりる　跳下

呼_よび止_とめる　叫住

❷ 時間、位置

★走_{はし}り始_{はじ}める　開始跑步

食_たべ切_きる　　吃完

書_かき終_おわる　寫完

❸ 強調

★差_さし出_だす　伸出、提出

困_{こま}り切_きる　一籌莫展

噴_ふき出_だす　噴出

❹ 前、後項無任何關係，單純的結合二個動詞，藉以衍生
全新意義的語彙

★切り出す　開發、說出

打ち合わせる　商量、洽談

取り持つ　拿、握、周旋

　　除了以上的關係外，原則上複合動詞以「自動詞＋自動詞」
（例：走り回る；到處跑），以及「他動詞＋他動詞」（例：運び上げ
る；搬上去）的形式出現。

助詞

名詞

イ形容詞

ナ形容詞

疑問詞

副詞

指示詞

接續詞

動詞

複合詞

接辭

敬語

*02 以時間（動作的起始、持續、終止）關係，所結合的新語彙

❶ 開始

動詞ます形＋始める

表示動作或作用的開始。中文解釋為「開始～動作」。

★勉強します → 勉強し＋始める

去年の７月から 日本語を 勉強し始めました。

去年的七月開始，開始學日文了。

★咲きます → 咲き＋始める

日本では、春に なると 桜が 咲き始めます。

在日本，一到春天，櫻花就開始綻放。

動詞ます形＋出す

與前項相同，表示動作或作用的開始，但以「～出す」出現的複合動作，通常具有突發性的意味。中文解釋為「開始～動作」之意。

★飛びます → 飛び＋出す

急に 子どもが 飛び出してきて、びっくりしました。

突然間小孩衝了出來，嚇了一跳。

★泣きます → 泣き＋出す

子どもは　泣き出したら、なかなか　止められません。

小孩一旦哭了起來，就很難制止。

助詞

名詞

イ形容詞

ナ形容詞

疑問詞

副詞

指示詞

接續詞

動詞

複合詞

接辭

敬語

❷ 持續

動詞ます形＋続ける

表示動作或作用的繼續，與「動詞て形＋いる」（進行式）的意義相同。中文解釋為「繼續～動作」。

★勉強します → 勉強し＋続ける

卒業しても、日本語を　勉強し続けたいです。

即使畢業了，也想繼續學日文。

★働きます → 働き＋続ける

結婚しても、働き続けようと　思っています。

我想即使結婚了，也要繼續工作。

❸ 結束

動詞ます形＋終わる / 終える

表示動作或作用的終結。中文解釋為「～動作完了」之意。「終える」為書寫表現。

★食べます　→　食べ＋終わる

食べ終わったら、おさらを　洗いなさい。

如果吃完了，把碗洗一洗。

★書きます　→　書き＋終える

レポートを　書き終えたら　出かけます。

寫完報告的話，就出門。

*03 以動作的難易度、程度狀態、方法 等關係,所結合的新語彙

❶ 動作難易度

動詞ます形＋やすい

表示動作進行的容易度。中文解釋為「易於～」之意。「やすい」為形容詞,此語彙為複合形容詞。

★分かります → 分かり＋やすい

この文法の本は 明確で、 簡単で、 本当に
分かりやすいです。

這本文法書明確又簡單,真的很容易理解。

★履きます → 履き＋やすい

先週 買ったくつは 履きやすいです。

上週買的鞋很好穿。

動詞ます形＋にくい

表示動作進行的困難度。中文解釋為「不易於～」之意。「にくい」為形容詞,此語彙為複合形容詞。

★分かります　→　分かり＋にくい

この文法の本は　説明が　難しくて、本当に
分かりにくいです。

這本文法書說明太困難了，不容易理解。

★履きます　→　履き＋にくい

先週　買ったくつは　履きにくいです。

上週買的鞋不好穿。

❷ 動作程度

動詞ます形＋すぎる

　　表示動作進行的次數或程度上的過量，中文解釋為「過於～」、
「太～」。口語表達中可將「すぎ」當成名詞使用，以「～すぎです」
的形式出現。此外，也可利用「イ形容詞語幹＋すぎです」的形式表
現。

★飲みます　→　飲み＋すぎる

昨日　飲みすぎて、今日は　頭が　痛いです。

昨天喝酒過量，今天頭好痛。

★働きます　→　働き＋すぎる

ほとんどの　日本人は　働きすぎです。

大部分的日本人都工作過度。

★短い → 短+すぎる

このスカートは　ちょっと　短すぎます。

這條裙子有點太短了。

❸ 動作方法

動詞ます形+方

　　表示動作進行的方法或手段，中文解釋為「～方法」。動作性名詞以「名詞語幹＋の＋仕方」的形式表現。

★書きます → 書き+方

すみません、この漢字の書き方を
教えてくださいませんか。

不好意思，可以教我這個漢字的寫法嗎？

★食べます → 食べ+方

寿司の正しい食べ方を　知っていますか。

你知道壽司的正確吃法嗎？

★勉強です → 勉強+の+仕方

英語の勉強の仕方を　教えてください。

請告訴我英文的學習方法。

*04 以情感、欲望關係所結合的新語彙

感情 / 欲望

動詞ます形＋たがる

　　此句型也可視為「動詞たい形去い＋がる」的形式。（參考「イ形容詞篇～ 17」）它用來表達第三人的情感、欲望。用於說話者以自己的眼光看他人表現在外的內心活動，舉凡心情、意願、期望……等都包含在內。中文解釋為「想～、覺得～」。若要表達現在的狀態，則以「～がっている」狀態句出現。

★買います　→　買い＋たがる

主人は　新しい車を　買いたがっています。
我先生想買新車。

★行きます　→　行き＋たがる

弟は　日本へ　留学に　行きたがっています。
弟弟想要去日本留學。

第十一單元

接辭

日語的「接辭」，是指無完整意義、無法單獨成立的語彙。有「接頭語」和「接尾詞」二類。

*01 接頭語

以「お＋和語」及「ご＋漢語」的方式表達禮貌之意。又稱「美化語」。例如「**お**＋菓子」、「**お**＋願い」、「**ご**＋返事」、「**ご**＋確認」……等。

★**お金**を 持っていますか。

有帶錢嗎？

★**ご主人**は どこで 働いていますか。

你先生在哪裡高就？

*02 接尾詞

例如「書き＋方」、「食事＋中」……等。

❶ ～中、～中

「～中」通常接在時間、期間或是持續動詞之後，表示某個時間或是動作發生的期間。通常用來表示「在某個動作當中」時用「～中」的發音，例如「電話中」「仕事中」等；接續在「時間～」「場所～」之後則以「～中」來發音，例如「一晩中」「世界中」等。

★台湾は 一年中 暑いです。

台灣一整年很熱。

★課長は 出張中ですから、会社にいません。

課長出差中，所以不在公司。

❷ ～方^{かた}

　　以動詞的「ます形」＋「方^{かた}」，表達「～方法」或「～做法」之意。

★この漢字^{かんじ}の読み方^{よ　かた}が　分^わかりますか。

　知道這個漢字的唸法嗎？

★その機械^{きかい}の使い方^{つか　かた}を　教^{おし}えてください。

　請教我這個機器的使用方法。

❸ ～達^{たち}、～方^{がた}

　　接續於人稱代名詞之後，表達複數之意。「～方^{がた}」比「～達^{たち}」更為客氣、禮貌。

★わたし達^{たち}は　いい友^{とも}だちです。

　我們是好朋友。

★あなた方^{がた}は　この後^{あと}　どこへ　行^いきますか。

　您們接下來要去哪裡呢？

助詞

名詞

イ形容詞

ナ形容詞

疑問詞

副詞

指示詞

接續詞

動詞

複合詞

接辭

敬語

225

MEMO

_____

_____

_____

_____

_____

_____

_____

_____

_____

_____

_____

_____

_____

第十二單元

敬語

　　「敬語」，是人際關係上的語言對待表現。這是一種說話者為了表示自己的教養、或為了向對話者表達尊敬之意、或為了對談話內容中的人物表達心中的敬意，所使用的特殊表現。「敬語」是人際關係的潤滑劑，也是人與人之間的相處對待之道。

　　「敬語」原則上使用於下列幾種的對象或場合：

（1）說話者表示本身的語言教養

（2）對年齡、階級、社會地位……等在上位者說話時

（3）對陌生或不熟識的對象說話時

（4）在正式或公開場合說話時

　　「敬語」可區分為「尊敬語」、「謙讓語」、「丁寧語」三大類。別忘了！在日語學習過程中，大家所熟知的「美化語」，也可以當成「準敬語」使用哦！

　　日語會話中，經常出現的敬語，整理、列表說明如下。

*01 尊敬語

　　說話者向對話、或話題中的人物表達尊敬之意的語彙。尊敬的程度依①、②、③、④、⑤序號依次遞減。

❶ 特殊用語

尊敬語	一般動詞	謙讓語
いらっしゃる	いる 人物〜存在	おる
いらっしゃる おいでになる	行く・来る 去・來	伺う・参る
召し上がる	飲む・食べる 喝・吃	いただく

おっしゃる	言う 說	申し上げる・申す
ご覧になる	見る 看	拝見する
ご存知だ	知っている 知道	存じている
くださる	くれる 〜人給〜	―
―	あげる 給〜人	さしあげる
―	もらう 接受	いただく
なさる	する 做〜	致す

右欄標籤：助詞　名詞　イ形容詞　ナ形容詞　疑問詞　副詞　指示詞　接續詞　動詞　複合詞　接辭　敬語

（註）原則上有特殊用語的動作，較少以下列②、③、④、⑤的形式出現

★暇なとき　いつも　何を　なさいますか。

閒暇時您都做些什麼呢？

★先輩が　結婚したことを　ご存知ですか。

學長結婚的事您知道嗎？

229

★どこへ　いらっしゃいますか。

（以助詞判斷語意是「行く」）

您去哪裡呢？

★陳先生は　どこに　いらっしゃいますか。

（以助詞判斷語意是「いる」）

陳老師在哪裡呢？

★課長が　これを　くださいました。

課長給了我這個。

❷ お＋和語動詞ます形＋になる
　ご＋漢語動詞語幹＋になる

★待つ → 待ちます → お＋待ち＋になる → お待ちになる
（等待）

あと　４０分ぐらい　かかりますが、お待ちになりますか。
還需要再花四十分鐘左右，請問您要等嗎？

★読む → 読みます → お＋読み＋になる → お読みになる
（閱讀）

社長は　もう　その資料を　お読みになりましたか。
社長已經看過那份資料了嗎？

★利用する → 利用します → ご＋利用＋になる
→ ご利用になる（使用）

この会議室を　ご利用になりますか。

這個會議室您要使用嗎？

★帰宅する → 帰宅します → ご＋帰宅＋になる
→ ご帰宅になる（回家）

原田先生は　いつ　ご帰宅になりますか。

原田老師您何時回家呢？

❸ お＋和語動詞ます形＋ください
ご＋漢語動詞語幹＋ください

★座ります → お＋座り＋ください → お座りください
（坐）

どこでも　好きな場所に　お座りください。

哪裡都可以，請隨意坐。

★提出する → ご＋提出＋ください → ご提出ください
（交出、提出）

来週までに　願書を　ご提出ください。

下週前請提出報名表。

★遠慮する → ご＋遠慮＋ください → ご遠慮ください
（客氣）

タバコは　ご遠慮ください。

請勿吸菸。

❹ V 的ない形＋れる / られる

　　以動詞「あ段音（ない形）＋れる / られる」表達敬意，此形式與被動（受身）形式完全相同。

　　敬語的製作方式：

分類	製作方式	範例
G1	語尾う段 → あ段＋れる	書く　　→ 書か＋れる
G2	去語尾る＋られる	出る　　→ 出＋られる
G3	する → なさる くる → こられる	勉強する → 勉強なさる 来る　　→ 来られる

★中山さんは　一週間の旅行に　出られました。

中山先生外出旅行一個星期。

★今　何を　なさっていますか。

現在您在做什麼呀？

★あなたが　書かれた本は　これですか。

您所寫的書是這本嗎？

❺ ご＋漢語 / お＋和語

名詞的敬語表現。對屬於談話對方的事物表達敬意的方式。

ご＋源自於中國的語彙（漢語）；お＋大和民族原創的語彙（和語）。

此外，用來指稱他人的相關語彙如「どなた」、「〜かた」、「〜さん」、「こちら」……等等，語彙本身即具有尊敬之意，也是日常使用的語法之一。例如：

ご＋漢語	語意	お＋和語	語意
ご両親	雙親	お留守	外出不在
ご家族	家人	お仕事	工作
ご説明	說明	お名前	姓名
ご紹介	介紹	お手紙	信函
ご研究	研究	お宅	府上

★ご家族は 何人ですか。

您有幾位家人呢？

★今 お金を 持っていますか。

您現在身上有帶錢嗎？

★ご住所と電話番号を 書いてください。

請寫地址和電話號碼。

★部屋の電気が ついていません。お留守のようですね。

房間的燈沒亮。好像不在呢！

助詞
名詞
イ形容詞
ナ形容詞
疑問詞
副詞
指示詞
接續詞
動詞
複合詞
接辭
敬語

★あの<ruby>男<rt>おとこ</rt></ruby>の<ruby>人<rt>ひと</rt></ruby>は　どなたですか。

那位男士是誰呢？

助詞

名詞

イ形容詞

ナ形容詞

疑問詞

副詞

指示詞

接續詞

動詞

複合詞

接辭

敬語

*02 謙讓語

　　說話者藉著貶低、壓抑自己的立場或態度，以突顯、提高對話者的立場或態度，此種關係考量下所使用的語言表現即是「謙讓語」。

❶ 特殊用語

　　參考「尊敬語」①特殊用語表。

　　此外，在服務業中常用「～でございます」取代「～です」，以及用「ございます」取代「あります」，屬於慎重的語法。

★昨日　先生のお宅で　おいしい日本料理を
　いただきました。

昨天在老師家享用了美味的日本料理。

★私は　余と　申します。

敝姓余。

★明日　おばさんの家へ　伺います。（参ります）

明天要去拜訪伯母。

★私は　中壢に　住んでおります。

我住在中壢。

❷ お＋和語動詞ます形＋する
　　ご＋漢語動詞語幹＋する

　　「和語動詞」謙讓語的製作方式：

待ちます → お＋待ち＋する → お待ちします（等待）
調べます → お＋調べ＋する → お調べします（調査）
別れます → お＋別れ＋する → お別れします（分離）

★新しい情報が　入ったら、お知らせします。

有新的消息進來會通知你。

★何か　お手伝いすることは　ありませんか。

有什麼需要幫忙的嗎？

★今日は　これで　お別れしましょう。

今天就在此分手吧。

「漢語動詞（動作性名詞）」謙讓語的製作方式：

紹介する → ご＋紹介＋する → ご紹介します（介紹）
遠慮する → ご＋遠慮＋する → ご遠慮します（客氣）
案内する → ご＋案内＋する → ご案内します（招待）

★趙さん、友だちを　ご紹介します。

趙先生，我為您介紹朋友。

★2、3日後に　ご返事します。

二、三天後給您回話。

★よかったら、来週　家の近くにある　お寺を　ご案内します。

如果方便的話，下週為您導覽住家附近的寺廟。

❸ お＋和語動詞ます形＋いたす
　　ご＋漢語動詞語幹＋いたす

　「する」的謙讓語即是「いたす」。在口語表現中以「いたす」取代「する」讓句子變得更為客氣。

★待ちます　→　お＋待ち＋する　→　お待ちいたす（等待）

ご意見、ご感想を　お待ちいたしています。

等候您的意見和感想。

★案内する　→　ご＋案内＋する　→　ご案内いたす（招待）

では、わたしのほうから　ご案内いたしましょう。

那麼，就由我來招待吧！

助詞

名詞

イ形容詞

ナ形容詞

疑問詞

副詞

指示詞

接續詞

動詞

複合詞

接辭

敬語

*03 丁寧語

　　「丁寧語」即是我們所熟知的「禮貌形」，是說話者向對話者表達禮儀、客氣的語法。「～です」、「～ます」的時態是最具代表性的表現形式。

　　此外，「美化語」也是日常生活中的準敬語，屬於「丁寧語」的範疇。

★ここは　わたしの研究室<ruby>研究室<rt>けんきゅうしつ</rt></ruby>です。

　　這裡是我的研究室。

★どこで　そのくつを　買<ruby>買<rt>か</rt></ruby>いましたか。

　　在哪裡買了那雙鞋子呢？

★お茶<ruby>茶<rt>ちゃ</rt></ruby>は　いかがですか。

　　喝茶如何呢？

★ご主人<ruby>主人<rt>しゅじん</rt></ruby>は　お元気<ruby>元気<rt>げんき</rt></ruby>ですか。

　　您先生好嗎？

附 錄

數量詞是一組既多又相當繁雜的語彙，而時間表現則多以「數字＋名詞」的形式出現，具有一定的規則性。為減輕學習者的負擔，將生活中常用的數量詞與時間表現列表整理於附錄，方便學習者進行學習及確認之用。

（一）數量詞

數詞：基本的數字語彙。

日文發音	漢字表記	中文翻譯
ひとつ	一つ	一個
ふたつ	二つ	二個
みっつ	三つ	三個
よっつ	四つ	四個
いつつ	五つ	五個
むっつ	六つ	六個
ななつ	七つ	七個
やっつ	八つ	八個
ここのつ	九つ	九個
とお	十	十個

數量詞：數詞＋助數詞（在計算時於數字之後所附加之計算單位）

1. 計算人數

日文發音	漢字表記	中文翻譯
ひとり	一人	一個人
ふたり	二人	二個人
さんにん	三人	三個人
よにん	四人	四個人
ごにん	五人	五個人
ろくにん	六人	六個人
ななにん、しちにん	七人	七個人
はちにん	八人	八個人
きゅうにん	九人	九個人
じゅうにん	十人	十個人

2. 計算歲數

日文發音	漢字表記	中文翻譯
いっさい	一歳	一歳

にさい	二歳	二歲
さんさい	三歳	三歲
よんさい	四歳	四歲
ごさい	五歳	五歲
ろくさい	六歳	六歲
ななさい	七歳	七歲
はっさい	八歳	八歲
きゅうさい	九歳	九歲
じゅっさい、じっさい	十歳	十歲

3. 計算動物、昆蟲等

日文發音	漢字表記	中文翻譯
いっぴき	一匹	一隻
にひき	二匹	二隻
さんびき	三匹	三隻
よんひき	四匹	四隻
ごひき	五匹	五隻
ろっぴき	六匹	六隻
ななひき	七匹	七隻
はっぴき	八匹	八隻
きゅうひき	九匹	九隻
じゅっぴき、じっぴき	十匹	十隻

4. 計算薄或扁平的物體

日文發音	漢字表記	中文翻譯
いちまい	一枚	一張 / 件
にまい	二枚	二張 / 件
さんまい	三枚	三張 / 件
よんまい	四枚	四張 / 件
ごまい	五枚	五張 / 件
ろくまい	六枚	六張 / 件
ななまい	七枚	七張 / 件
はちまい	八枚	八張 / 件
きゅうまい	九枚	九張 / 件
じゅうまい	十枚	十張 / 件

5. 計算長而尖形的物體

日文發音	漢字表記	中文翻譯
いっぽん	一本	一枝 / 瓶
にほん	二本	二枝 / 瓶
さんぼん	三本	三枝 / 瓶
よんほん	四本	四枝 / 瓶
ごほん	五本	五枝 / 瓶
ろっぽん	六本	六枝 / 瓶
ななほん	七本	七枝 / 瓶
はっぽん	八本	八枝 / 瓶
きゅうほん	九本	九枝 / 瓶
じゅっぽん、じっぽん	十本	十枝 / 瓶

6. 計算大型、可啟動的物體

日文發音	漢字表記	中文翻譯
いちだい	一台	一台
にだい	二台	二台
さんだい	三台	三台
よんだい	四台	四台
ごだい	五台	五台
ろくだい	六台	六台
ななだい	七台	七台
はちだい	八台	八台
きゅうだい	九台	九台
じゅうだい	十台	十台

7. 計算裝訂成冊的書物

日文發音	漢字表記	中文翻譯
いっさつ	一冊	一本
にさつ	二冊	二本
さんさつ	三冊	三本
よんさつ	四冊	四本
ごさつ	五冊	五本

ろくさつ	六冊	六本
ななさつ	七冊	七本
はっさつ	八冊	八本
きゅうさつ	九冊	九本
じゅっさつ	十冊	十本

8. 計算容器盛裝物品（杯、碗等）

日文發音	漢字表記	中文翻譯
いっぱい	一杯	一杯 / 碗
にはい	二杯	二杯 / 碗
さんばい	三杯	三杯 / 碗
よんはい	四杯	四杯 / 碗
ごはい	五杯	五杯 / 碗
ろっぱい	六杯	六杯 / 碗
ななはい	七杯	七杯 / 碗
はっぱい	八杯	八杯 / 碗
きゅうはい	九杯	九杯 / 碗
じゅっぱい、じっぱい	十杯	十杯 / 碗

9. 計算建築物樓層

日文發音	漢字表記	中文翻譯
いっかい	一階	一樓
にかい	二階	二樓
さんがい	三階	三樓
よんかい	四階	四樓
ごかい	五階	五樓
ろっかい	六階	六樓
ななかい	七階	七樓
はちかい、はっかい	八階	八樓
きゅうかい	九階	九樓
じゅっかい、じっかい	十階	十樓

（二）時間表現

1. 月份的說法

日文發音	漢字表記	中文翻譯
しょうがつ	正月	正月
いちがつ	一月	一月
にがつ	二月	二月
さんがつ	三月	三月
しがつ	四月	四月
ごがつ	五月	五月
ろくがつ	六月	六月
しちがつ	七月	七月
はちがつ	八月	八月
くがつ	九月	九月
じゅうがつ	十月	十月
じゅういちがつ	十一月	十一月
じゅうにがつ	十二月	十二月

2. 日期的說法

日文發音	漢字表記	中文翻譯
ついたち	一日	一日
ふつか	二日	二日
みっか	三日	三日
よっか	四日	四日
いつか	五日	五日
むいか	六日	六日
なのか	七日	七日
ようか	八日	八日
ここのか	九日	九日
とおか	十日	十日
じゅういちにち	十一日	十一日
じゅうににち	十二日	十二日
じゅうさんにち	十三日	十三日

じゅうよっか	十四日	十四日
じゅうごにち	十五日	十五日
じゅうろくにち	十六日	十六日
じゅうしちにち	十七日	十七日
じゅうはちにち	十八日	十八日
じゅうくにち	十九日	十九日
はつか	二十日	廿日
にじゅういちにち	二十一日	廿一日
にじゅうににち	二十二日	廿二日
にじゅうさんにち	二十三日	廿三日
にじゅうよっか	二十四日	廿四日
にじゅうごにち	二十五日	廿五日
にじゅうろくにち	二十六日	廿六日
にじゅうしちにち	二十七日	廿七日
にじゅうはちにち	二十八日	廿八日
にじゅうくにち	二十九日	廿九日
さんじゅうにち	三十日	卅日
さんじゅういちにち	三十一日	卅一日

3. 星期的說法

日文發音	漢字表記	中文翻譯
げつようび	月曜日	星期一
かようび	火曜日	星期二
すいようび	水曜日	星期三
もくようび	木曜日	星期四
きんようび	金曜日	星期五
どようび	土曜日	星期六
にちようび	日曜日	星期天

4. 整點的說法

日文發音	漢字表記	中文翻譯
いちじ	一時	一點
にじ	二時	二點
さんじ	三時	三點

よじ	四時	四點
ごじ	五時	五點
ろくじ	六時	六點
しちじ	七時	七點
はちじ	八時	八點
くじ	九時	九點
じゅうじ	十時	十點
じゅういちじ	十一時	十一點
じゅうにじ	十二時	十二點

5. 分鐘的說法

日文發音	漢字表記	中文翻譯
いっぷん	一分	一分
にふん	二分	二分
さんぷん	三分	三分
よんぷん	四分	四分
ごふん	五分	五分
ろっぷん	六分	六分
しちふん、ななふん	七分	七分
はっぷん	八分	八分
きゅうふん	九分	九分
じゅっぷん、じっぷん	十分	十分
じゅうごふん	十五分	十五分
さんじゅっぷん、さんじっぷん	三十分	三十分

6. 月份的累計

日文發音	漢字表記	中文翻譯
ひとつき	一月	一個月
いっかげつ	一か月	一個月
ふたつき	二月	二個月
にかげつ	二か月	二個月
さんかげつ	三か月	三個月
よんかげつ	四か月	四個月
ごかげつ	五か月	五個月

ろっかげつ	六か月	六個月
ななかげつ、しちかげつ	七か月	七個月
はちかげつ、はっかげつ	八か月	八個月
きゅうかげつ	九か月	九個月
じゅっかげつ、じっかげつ	十か月	十個月
はんとし	半年	半年

7. 星期的累計

日文發音	漢字表記	中文翻譯
いっしゅうかん	一週間	一個星期
にしゅうかん	二週間	二個星期
さんしゅうかん	三週間	三個星期
よんしゅうかん	四週間	四個星期
ごしゅうかん	五週間	五個星期
ろくしゅうかん	六週間	六個星期
ななしゅうかん、しちしゅうかん	七週間	七個星期
はっしゅうかん	八週間	八個星期
きゅうしゅうかん	九週間	九個星期
じゅっしゅうかん、じっしゅうかん	十週間	十個星期

8. 小時的累計

日文發音	漢字表記	中文翻譯
いちじかん	一時間	一個小時
にじかん	二時間	二個小時
さんじかん	三時間	三個小時
よじかん	四時間	四個小時
ごじかん	五時間	五個小時
ろくじかん	六時間	六個小時
ななじかん、しちじかん	七時間	七個小時
はちじかん	八時間	八個小時
くじかん	九時間	九個小時
じゅうじかん	十時間	十個小時

253

國家圖書館出版品預行編目資料

日語文法，讀這本就夠了！ 修訂二版 / 余秋菊著
--修訂二版-- 臺北市：瑞蘭國際, 2017.04
256面；14.8 x 21公分 --（外語達人系列；17）
ISBN：978-986-94344-7-8（平裝附光碟片）
1.日語 2.語法

803.16　　　　　　　　　　106004239

外語達人系列 17

日語文法，讀這本就夠了！
修訂二版

作者｜余秋菊・總策劃｜元氣日語編輯小組
責任編輯｜葉仲芸、王愿琦・校對｜余秋菊、葉仲芸、王愿琦

日語錄音｜今泉江利子、野崎孝男・錄音室｜不凡數位錄音室
封面設計｜劉麗雪・版型設計｜張芝瑜・內文排版｜帛格有限公司

董事長｜張暖彗・社長兼總編輯｜王愿琦・主編｜葉仲芸
編輯｜潘治婷・編輯｜林家如・編輯｜林珊玉・設計部主任｜余佳憓
業務部副理｜楊米琪・業務部組長｜林湲洵・業務部專員｜張毓庭
編輯顧問｜こんどうともこ

法律顧問｜海灣國際法律事務所　呂錦峯律師

出版社｜瑞蘭國際有限公司・地址｜台北市大安區安和路一段 104 號 7 樓之 1
電話｜(02)2700-4625・傳真｜(02)2700-4622・訂購專線｜(02)2700-4625
劃撥帳號｜19914152 瑞蘭國際有限公司・瑞蘭國際網路書城｜www.genki-japan.com.tw

總經銷｜聯合發行股份有限公司・電話｜(02)2917-8022、2917-8042
傳真｜(02)2915-6275、2915-7212・印刷｜宗祐印刷有限公司
出版日期｜2017 年 04 月修訂二版 1 刷・定價｜320 元・ISBN｜978-986-94344-7-8
　　　　　 2017 年 12 月修訂二版 2 刷

瑞蘭國際

瑞蘭國際

瑞蘭國際

瑞蘭國際